柳林風聲

The Wind in the Willows

KENNETH GRAHAME

肯尼思・葛拉罕——著

許珈瑜——譯

導讀與領讀

——諮商心理師蘇絢慧

《柳林風聲》被譽為「英國經典兒童文學」，故事從鼴鼠厭倦了地底下的生活開始萌生想要探險的心。他在探險歷程中陸續結識了河鼠、蛤蟆和獾，牠們有截然不同的性格。和牠們相識及相處的過程，也是鼴鼠探險歷程中非常重要的一部分。透過這個故事，我們至少可以從兩個角度來閱讀，並與自身生命對話。

首先，你可以試著把鼴鼠、河鼠、蛤蟆和獾視為我們一生的四個階段：鼴鼠代表著我們涉世未深，對這世界既期待又怕受傷害；河鼠則代表我們已經對這世界有胸有成竹的認識與把握，因此也更加自在、更想探知世界；蛤蟆則是慾望無窮無盡的階段，尤其對於很炫很酷的物質，可能會面對一不注意就被慾望支配而面臨後悔莫及的後果；再來就是沉澱穩重的獾，透徹了人生的追尋與探險，現在只想過上一個有品質、有取捨的平衡生活。

另一個角度是，閱讀者也可嘗試以鼴鼠作為投射的位置，從故事的情節中回想自己是否也曾經對生活心生厭倦？總覺得日復一日的不變生活確實是安全的，卻也同時是封閉的、乏味的。然而，這可能不是世界無聊，而是我們把生命過得很無趣。那麼，在人生旅途的開展與探索中，你也許會遇到類似於河鼠、蛤蟆和獾的人，可能建立了友誼，可能只是擦肩而過，然而他們的人生態度與價值觀，與你的生命激發出熱烈的火花，使你對生命感受到前所未有的驚奇與開闊。這就是增廣見聞的意義，不再侷限在自己有限的角度與封閉的心靈裡，是真實地看見、聽見、接觸、感受，以及領悟這世界的美麗與樂趣。

讀者們可以透過以下五個提問，展開讀書會討論及交流：

1.在故事中，你特別喜愛的段落與描寫是什麼？那讓你感受到什麼，或聯想到什麼？

2.故事中的四個角色：鼴鼠、河鼠、蛤蟆和獾，若以你的生命階段來對照，你覺得什麼階段的你是鼴鼠呢？什麼階段的你是河鼠？什麼階段的你像是慾望無窮的蛤蟆？而獾的狀態，是否已經在你的生命階段中出現了？試著分享看看你的生命各種階段的故事。

3. 若是你把自己的生命際遇和鼴鼠的狀態連結，什麼時候你會對自己的生活感到反覆性的厭倦？你是否也曾想要突破舒適圈，到不同的地方探險與嘗試更認識這真實的世界？你和鼴鼠有相似的際遇嗎？還是有截然不然的經歷呢？

4. 故事裡有座野森林，充滿著各種危險，濃密擁擠，險惡多端，緊密結實，陰森森地坐落在廣闊的大地中，雖說如此，這裡卻也是最具有生機、變化和驚奇的地方。這樣的地方和既熟悉又安全的「家」形成了對比。在你的人生中，你是否也到過或去過任何象徵「野森林」的地方？那裡雖然讓你經歷了「家的安全」以外的體驗，卻也讓你的人生經歷得以擴展，從此有別於以往，對環境、人性、關係都有不同的體會？

5.《柳林風聲》若是隱喻為我們內心的聲音，不停地在我們心中迴盪、久久不散，你覺得依照自己目前的生命狀態，你內心可有什麼不停迴盪的渴望？或有什麼真實的心聲一直盤旋不去？

目次

1 河岸

整個早上，鼴鼠都非常勤奮地在幫他的小屋春季大掃除。他先拿掃把掃，再用撢子撢，接著手握一把刷子、提著一桶白石灰漆，一會兒爬上梯子，一會兒踩上臺階，一會兒踏到椅子上，忙著粉刷牆壁。後來灰塵跑進他的喉嚨，飛進眼睛，一身烏溜溜的毛皮濺滿白漆，腰也痠了，手也累得沒力，這才停下動作。春天的氣息在他上頭的空氣中流動，在他腳下的土壤裡湧動，把他團團包圍住。這股不滿於現狀又懷抱著渴望的神聖春意，甚至穿透了鼴鼠昏暗的樸素小屋。也難怪他會一把將刷子扔到地上，大喊一聲：「好煩啊！」還有「真討厭！」再加一句「該死的春季大掃除！」然後連外套都顧不得穿上，就飛快跑出屋子。上頭有個聲音正在急切地召喚他，驅使他跑往一條又陡又窄的地道。那些住在比他更靠近陽光和空氣的地面動物，有碎石馬車車道可以通往其他地方，而他有這條地道可以四處穿梭。鼴鼠又挖又刨，又鑿又擠，又擠又鑿，又刨又挖。他一邊忙著用小小的爪子開路，一邊喃喃自語：「上去吧！上去吧！」最後噗的一聲，他的鼻子探出了地面，伸進陽光中。回過神時，他發現自己正躺在一大片暖洋洋的草地上打滾。

「好舒服啊！」他自言自語。「這比粉刷牆壁棒多了！」陽光把他的毛皮曬得暖烘烘的，微風輕撫過他發燙的額頭。在地洞裡隱居那麼久，他的聽覺變得遲鈍。快樂的小鳥齊聲鳴唱，但那歌聲在他耳裡簡直像大吼大叫。鼴鼠沉浸在生活的喜悅，享受春天裡擺脫大掃除的快活。他四腳一躍，穿過草地，奔向遠在另一頭的樹籬。

「站住！」一隻老兔子擋在樹籬的缺口處說。「想走私人道路，過路費六便士！」鼴鼠耐不住性子，對兔子的話不屑一顧，一溜煙跑過去把他撞倒。其他兔子紛紛從洞裡探出頭來，看外頭在吵什麼。鼴鼠一邊沿著樹籬小跑步，一邊戲弄這些兔子。「洋蔥醬！洋蔥醬！[1]」他大聲嘲笑。那些兔子還來不及想出絕妙的話回敬鼴鼠，他已經跑得無影無蹤，留下兔子互相埋怨：「你真是笨透了！怎麼

1 有一說是，當時的人吃兔肉時經常佐洋蔥醬，鼴鼠便以此嚇唬兔子。另一說是，洋蔥醬為當時最平淡無奇的簡易家常菜代表，延伸此義，鼴鼠等於在嘲笑兔子說的都是無聊廢話。

沒跟他說……」「哼，那你幹麼不說……」「你大可提醒他……」那些兔子一如往常又說了諸如此類的話，不過當然啦，就跟平常一樣，說這些都太遲了。

這一切實在太美好，好到讓人難以置信。鼴鼠活蹦亂跳，四處遊蕩，橫過草地，順著樹籬，穿過小灌木林。到處都有小鳥在築巢，花朵含苞待放，枝頭吐露新芽，萬物快快樂樂、欣欣向榮，呈現一片繁忙的景象。鼴鼠沒有覺得良心不安，也沒聽到良心在他耳邊低語：「快去粉刷牆壁！」他只覺得在這些忙得不可開交的居民之中，當一隻無所事事的懶狗，真是快活到不行。說白了，放假最棒的地方，也許不是讓自己好好休息，而是看其他人都在忙著工作。

鼴鼠漫無目的四處閒逛，轉眼間走到一條水流豐沛的河流旁。他站在河邊，覺得自己快樂到了極點。他這輩子可是從沒看過河呢！這光滑發亮、彎彎曲曲、體型龐大的生物，沿路追逐嬉笑，一會兒笑呵呵使力一抓，一會兒笑哈哈讓囊中物流走，下一秒又奔向新玩伴。那些玩伴從它的手中掙脫，結果又被抓了個正著，想跑也跑不開。河流只消搖盪一下，顫動一回，便晶光閃閃，波光粼粼，水光爍爍，淙淙流水捲起漩渦，咕嚕咕嚕冒出氣泡。鼴鼠像著魔似的，心神蕩漾，深深陶醉在眼前這幅景象。他沿著河岸一小步一小步跑，好似小小孩一顛一顛緊跟在說故事的大人腳邊，聽著那扣人心弦的故事，臉上洋溢著迷的神情。後來鼴鼠跑累了，就在岸邊坐下。河水依舊喋喋不休跟他說話，把世界上最好聽的故事滔滔不絕說給他聽。這一則又一則的故事來自地心深處，最終要向永不饜足的大海訴說。

鼴鼠坐在草地上，目光越過河面，看到對岸有一個暗暗的洞口，剛好就在河水邊上。看著看著，他陷入美好的想像，想著如果有哪隻動物所求不多，只想在河邊有處小巧雅致的住所，漲潮時不會被淹沒，又能遠離塵囂，那麼這個洞穴會有多麼溫暖舒適。就在他出神凝視的時候，有個小小亮亮的東西似乎在洞穴中央一閃一閃，忽明忽滅，好似一顆小星星。但若說星星出現在那裡，實在不合理，若說是螢火蟲，又顯得太亮、太小。他盯著洞口看，那個亮光對他眨了眨，表明它是隻眼睛。眼睛四周的面容逐漸浮現出來，一張小小的臉越來越清晰，就像畫框圍繞著一幅畫。

一張棕色小臉，臉頰長著鬍鬚。

一張神色嚴肅的圓臉，眼睛閃爍著光芒，跟最初引起他注意的光一樣。

一對端正小巧的耳朵，一身濃密柔順的毛髮。

原來是河鼠[2]！

兩隻動物就這樣站在原地，謹慎地打量對方。

「你好，鼴鼠！」河鼠說。

「你好，河鼠！」鼴鼠說。

「你想過來這邊嗎？」河鼠隨即開口問。

「唉，用說的倒是容易。」鼴鼠語氣有點不高興，因為這是他第一次看到河流，對河岸生活和這裡的生活方式還很陌生。

河鼠什麼也沒說，只是彎下腰，解開一條繩子，把它拉向自己，然後輕巧地跨進鼴鼠剛才沒注意到的一條小船。這條船船身漆成藍色，船內漆成白色，大小剛好可以坐兩隻動物。雖然鼴鼠還沒完全理解小船的用途，但他一看到船就被深深吸引住，整顆心早就飛到船上。

河鼠俐落地搖起船槳，划到對岸，把船固定好。接著，他伸出前爪，扶著輕手輕腳的鼴鼠踏進船裡。「扶穩囉！」河鼠說。「現在輕輕踏下來。」下一秒，

---

2 原文為Water Rat，但所指的動物實為water vole。對於後者，臺灣無統一譯名，查詢「水䶄（ㄆㄧㄥˊ）」可找到對應的動物圖像。

鼴鼠又驚又喜，發現自己真的坐在一條真正的船上，就坐在船尾。

「今天真是太美好了！」鼴鼠說。這時河鼠把船推離岸邊，再次搖起槳。「你知道嗎？我這輩子從來沒有坐過船。」

「什麼？」河鼠驚訝地張大了嘴。「從來沒坐過……從來沒……是喔，我……那你一直以來都在做什麼？」

「搭船真的有那麼好嗎？」鼴鼠害羞地問。其實，當他往座位後方一靠，仔細觀察椅墊、船槳、槳架，以及所有吸引人的配備，並感受船隻在他身下輕輕搖擺的時候，心裡已經準備好相信這是真的了。

「你說『好』？這可是獨一無二的樂事。」河鼠一面向前俯身擺槳，一面正經地說。「相信我，年輕的小兄弟，世界上沒有一件事，絕對沒有任何事，能比單純地待在船上消磨時間還要值得，其他事連它一半的價值都沒有。單純消磨時間，」他如痴如夢說下去，「待在船上……消磨……時間，消磨……」

「小心前面，河鼠！」鼴鼠突然大喊一聲。

但是來不及了，小船全速撞到河岸。那位還徜徉在幻夢中的快樂槳手四腳朝天，仰面跌在船板上。

「……時間，在船上……或是待在船邊。」河鼠從船板上爬了起來，開懷大笑，若無其事把他構思的字句說完。「不管是在船上，還是在船外，都無所謂。一切好像都無關緊要，這就是讓人著迷的地方。不管去哪裡，或者哪裡都不去；不管有沒有抵達目的地，還是到了其他地方，或根本哪裡都沒到達，無論如何，你始終有事情可忙，永遠不會只特別做什麼。完成一件事後，永遠有別的事可做。想做就做，但最好別做。嘿！聽我說，如果你今天早上真的沒別的事，要不我們順著水流，一起玩上一整天，怎麼樣？」

鼴鼠高興得晃著腳丫子，深吸一口氣，挺起胸脯，再心滿意足地長嘆一聲，幸幸福福地向後靠在柔軟的椅墊上。「今天真是暢快極了！」他說。「馬上出發吧！」

「別急，先等一下！」河鼠說。他把船上的纜繩穿進棧橋上的圓環，在上面打了個結，接著爬進位在棧橋上方的自家洞穴。過了一會兒，河鼠扛著一個柳條編織的野餐籃走出來，籃子裡裝得滿滿當當，讓他走起路來搖搖晃晃。

「把籃子推到腳下。」河鼠一邊把野餐籃遞上船，一邊對鼴鼠說。隨後他解開纜繩，再次搖起槳。

「裡面有什麼？」鼴鼠好奇地扭扭身子。

「有冷雞肉，」河鼠爽快回答，「還有冷牛舌冷火腿冷牛肉醃黃瓜沙拉法式小麵包水芹三明治肉罐頭薑汁啤酒檸檬汁蘇打水……」

「天啊，停停停！」鼴鼠欣喜若狂大喊。「也太多了吧！」

「你真的這麼覺得？」河鼠認真問。「這不過是我平常小旅行時會帶的食物。其他動物老愛說我是小氣鬼，只準備剛剛好的分量，而且是非常剛好。」

鼴鼠一個字也沒聽進去，他沉浸在即將展開的新生活之中，陶醉在水面的粼粼波光，還有那一圈圈漣漪，以及種種芳香、聲音和陽光中。他把一隻爪子伸入水中，跟著小船緩緩拖曳，做起長長的白日夢。河鼠是心地善良的小旅伴，只是平平穩穩地划船，忍住不去打擾鼴鼠。

「我好喜歡你這身衣服，兄弟。」過了大概半小時，河鼠才開口說話。「等我哪天有辦法負擔，我也要買天鵝絨的黑色吸菸裝[3]。」

「不好意思，你說什麼？」鼴鼠努力讓自己回神。「你一定覺得我很沒禮貌，但這一切在我眼中實在太新鮮了。原來，這就是──河！」

「不是隨便一條河，是這條河。」河鼠糾正他的說法。

3　吸菸裝（smoking suit）原為十九世紀男性在吸菸室吸菸聚會時穿的輕便西裝，可避免沾染菸灰和阻隔菸味。

「所以你真的住在這條河旁邊？過得真開心啊！」

「我住在河邊，跟河一起生活，在河上，也在河裡。」河鼠說。「這條河是我的兄弟姐妹、姑姑阿姨，是我的好夥伴，帶給我水和食物，（當然）也是我洗澡的地方。它就是我的全世界，別的我都不要。這條河沒有的，都不值得擁有。它不知道的，都不值得知道。老天，我們陪伴彼此的歲月多麼美好！不管春夏秋冬哪個季節，總是充滿樂趣和刺激。二月河水氾濫的時候，我家的地窖和地下室都淹得亂七八糟，給我添很多麻煩。土黃色的河水還從我臥室景色最好的窗戶前奔流而過。不過，等到潮水全部退去，一灘灘聞起來像葡萄乾蛋糕的淤泥露出來，燈心草和水草堵住河道，我就可以在河床上大部分的泥地上閒逛，既不用擔心弄溼鞋子，還可以找些新鮮食物來吃，撿撿粗心大意的人坐船時掉下來的東西。」

「但是，有時候不會有點無聊嗎？」鼴鼠壯起膽子問。「只有你和這條河，沒有別人可以聊天吧？」

「你說沒有別人——算了，我不跟你計較。」河鼠很有氣度地說。「你初來乍到，自然不曉得，其實現在河岸擠到不行，很多居民都在搬家了。唉！現在這裡已經變了樣。水獺、翠鳥、小鸊鷉、紅冠水雞，他們幾乎一天到晚都在河岸，老是要你幫忙做這做那，好像別人沒有自己的事要忙。」

「那邊是什麼？」鼴鼠問。他揮著爪子，指向河流一旁漫水草地後方的森林。那片黑漆漆的森林沿著草地蔓延，兩地中間的界線清晰可見。

「那裡嗎？噢，不過是野森林（Wild Wood）而已。」河鼠簡單回答。「我們這些河岸居民不常去那裡。」

「難道他們……難道住在那裡的不是什麼善類嗎？」鼴鼠提問的語氣略顯不安。

「這個嘛，」河鼠回答，「我想想。松鼠還不錯。至於兔子呢，有的還可以，他們有好有壞。對了，獾也住在那裡，就在森林中央。他不想搬到其他地方，就算出錢要他搬，他也不願意。親愛的獾啊！誰也不會去打擾他，最好不要。」河鼠意味深長地補充說。

「怎麼說？是誰敢去打擾他？」鼴鼠問。

「嗯，當然有，那裡還住著其他動物。」河鼠有些吞吞吐吐地解釋。「像是黃鼠狼……白鼬……狐狸……等等的動物。某方面來說他們不壞……我跟他們很要好……遇上的話會聊上幾句之類的……但他們偶爾會胡作非為，這點不能否認，還有……就是呢，你不能真的相信他們，事實就是這樣。」

鼴鼠很清楚，老是談論未來可能出現的麻煩，就算只是稍微提到，都算違反動物禮儀，於是他撇開這個話題。

「那麼野森林再過去是哪裡？」他問。「那裡一片藍藍陰陰的，好像是山，又好像不是，看上去像城鎮飄出來的煙霧，還是說那只是一團浮雲？」

「過了野森林，就是大世界（Wide World）。」河鼠說。「那個地方跟你、跟我都沒有關係。我從來沒去過，以後也不會去。如果你頭腦清楚，也千萬別去。以後請不要再提起大世界了。好啦，終於到滯水區了，午餐就在這裡吃。」

他們離開主河道，划進乍看像被陸地包圍的小湖。綠油油的青草坡地向水邊延伸，平靜的水面下，可以看到褐色的樹根像蛇一樣纏繞彎曲，散發閃爍的光芒。他們前方橫著一道銀色的攔河堰，形狀宛如圓滑而下的肩膀，河水流下時形成的泡沫不斷翻滾。攔河堰旁邊，立著一座不停轉呀轉的水車，上頭的水滴淅淅瀝瀝落下，為一旁砌著灰色山牆的磨坊提供動力。水車發出單調而沉悶的呢喃細語，那聲音在空氣中迴盪，聽著聽著，心情也跟著舒緩下來，耳邊還時不時傳來清晰、歡快的談笑聲。眼前的景色實在太美妙，鼴鼠忍不住舉起兩隻前爪，倒抽一口氣說：「我的天天天啊！」

河鼠把小船划到岸邊繫好後，扶著動作還很生疏的鼴鼠平安上岸，再一把將野餐籃甩到岸上。鼴鼠懇求河鼠允許由他打開野餐籃，河鼠滿心歡喜答應他，把布置野餐地的事全權交給這位興奮不已的朋友，而他則在草地上舒展四肢，躺著休息。鼴鼠把桌巾抖開，鋪在地上，接著從籃子拿出一個個神祕的小袋子、小盒子，井然有序地擺好。每打開一個新東西，他就驚嘆：「哇，天啊！」等一切準備就緒，河鼠便招呼說：「好了，開動吧，兄弟！」鼴鼠當然恭敬不如從命，因為這一天，他按照大家習以為常的做法，從一大清早就開始春季大掃除，中間不曾停下來吃一口東西或喝一口水，何況他之後又經歷了好多好多事。從那遙遠的早晨到現在，彷彿已經過了好幾天。

「你在看什麼？」河鼠過了一會兒問。這時他們空空的肚子已經填了些食物，饑餓感沒那麼強烈了，而鼴鼠也有力氣把目光從桌巾稍微移開，東看看，西看看。

「我在看氣泡，」鼴鼠說。「有一串氣泡在水面上游動，讓我覺得很有意思。」

「氣泡？啊哈！」河鼠開心地吱吱叫了一聲，帶著歡迎的語氣說。

這時，岸邊冒出一個寬扁發亮的鼻子和嘴巴。水獺把自己撐上岸，甩掉毛皮上的水珠。

「貪吃鬼！」他一邊說，一邊走向食物。「怎麼沒邀請我，河鼠兄？」

「我們是臨時起意。」河鼠解釋。「順便跟你介紹一下，這是我的朋友鼴鼠先生。」

「幸會。」水獺說。眨眼間，兩隻動物就成了朋友。

「到處都好熱鬧啊！」水獺接著說。「今天好像全世界都到河上來了。我原本來滯水區是想讓耳根子清靜一下，哪知道竟然碰到你們兩位老兄。至少──啊，不好意思，你們知道我不是那個意思。」

他們身後的樹籬傳來一陣沙沙聲。樹籬上還厚厚堆著去年的葉子，從濃密的枝葉間，一個帶著直條紋路的腦袋鑽了出來，盯著他們看，腦袋後面聳著一對肩膀。

「快過來，獾！」河鼠大喊。

獾往前快速走了一兩步，然後咕噥一聲：「哼，竟然有伴！」隨後立刻轉身，消失無蹤。

「他本來就這樣。」河鼠失望地說。「就是討厭社交！我們今天不會再見到他了。是說，有誰在河上？跟我們講講。」

「比方說蛤蟆呀。」水獺回答。「他划著全新的賽艇，穿著一身新衣，樣樣都是新的！」

兩隻動物互看一眼，哈哈大笑。

「以前有一段時間，他一心一意只玩帆船。」河鼠說。「後來他玩膩了，又愛上撐船。他天天撐，非得從早撐到晚才高興，惹出不少麻煩。去年他迷上船屋，就是把房子蓋在船上的那種船。大家不得不到船上陪陪他，裝出一副很喜歡的樣子。他本來還打算在船屋度過下半輩子呢。不管他迷上什麼，結果始終一樣，每次都喜新厭舊。」

「人是還不錯，」水獺深思熟慮後說。「但就是沒定性，在船上更是不穩定！」

從他們坐的地方望出去，越過前方一座小島，便能瞥見主河道。就在這時，一艘賽艇映入他們眼簾。船上的動物身形矮小粗壯，雖然划槳時水花四濺，身子翻倒在船底好幾次，仍拚盡全力划呀划。河鼠站起來跟他打招呼，結果蛤蟆只是搖搖頭，堅持埋頭划槳（沒錯，船上的動物正是蛤蟆）。

「他再這樣跌得東倒西歪，用不著一分鐘就會從船上翻下去。」河鼠一邊說，一邊坐下。

「那當然。」水獺咯咯笑出聲。「我有跟你說過蛤蟆和水閘管理員的事嗎？

這故事可精彩了。是這樣的，蛤蟆他……」

一隻四處遊蕩的蜉蝣彷彿初見世面，體內年輕的血液不停翻滾，使他像喝醉一樣，搖搖晃晃猛然改變方向，斜斜穿過了水流。只見一股漩渦，伴隨一聲「咕嚕！」蜉蝣就消失在視線中。

水獺也不見了。

鼴鼠低下頭，水獺的話聲還在耳邊迴響，可是他剛才躺在草地上舒展四肢的位置已經空空如也。從近處遙望遠方的地平線，一隻水獺的身影也沒有。

不過水面又冒出一串氣泡。

河鼠哼著調子，一旁的鼴鼠想起按照動物禮儀，假如朋友突然消失，無論是在哪個時間點，也不管有沒有理由，都不可以有任何評論。

「好啦，好啦，」河鼠說。「差不多該走了。我們兩個誰要負責收野餐籃？」河鼠若無其事地問，聽起來就像他不是很希望這項工作落到自己頭上。

「噢，請讓我來吧。」鼴鼠說。河鼠當然就順他的意啦。

收拾籃子這種麻煩事，不像打開籃子那麼愉快。雖然這是不變的道理，但鼴鼠下定決心要享受每件事。就在他剛收拾完畢、把籃子的皮帶緊緊繫好的時候，目光就瞥到有個盤子在草地上跟他大眼瞪小眼。等他把盤子收好，河鼠又指了指一把誰都不可能看漏眼的叉子。還有最後，看好了，就是芥末罐！鼴鼠一直坐在罐子上方，渾然不覺它的存在。不管怎麼說，收拾的工作總算結束了，鼴鼠也沒發什麼脾氣。

午後的太陽逐漸西沉，河鼠懷著朦朧如夢的心境，輕輕擺著槳，緩緩往家的方向划。他自顧自地呢喃著詩句，沒有放太多注意力在鼴鼠身上。雖然是這樣，飽餐一頓的鼴鼠仍然心滿意足，神情還有些得意，覺得自己在船上稱得上從容自在（他自己是這麼認為的）。漸漸地，他開始有點坐不住，不一會兒便開口問：「河鼠兄，拜託，我想划划看，就是現在！」

河鼠搖了搖頭，臉上帶著微笑。「還太早了，兄弟，」他說。「等我教你幾次再說吧。這可不像看起來那麼容易。」

鼴鼠沉默了一兩分鐘。他看河鼠擺槳擺得那麼有力，那麼游刃有餘，不禁越來越嫉妒河鼠。他的自尊心悄悄在他耳邊低語，說他也能划得一樣好。忽然間他跳起來一把奪過船槳，把正望著水面輕吟詩句的河鼠嚇了一大跳，往後跌下座位，摔了個四腳朝天。得意洋洋的鼴鼠趁機一屁股坐到河鼠的位子，信心十足地握住船槳。

「別划，你這個蠢蛋！」跌在船板上的河鼠大叫。「你划不了的！你會害我們翻船！」

鼴鼠大動作把槳往後使勁一擺，想讓船槳猛力打進水中，不料船槳碰都沒碰到水面。他的雙腳翻過頭頂，摔了個倒栽蔥，回過神時只發現自己壓在趴倒在船板的河鼠身上。他驚慌失措，伸手去抓一側的船舷，結果下一秒，撲通！

船翻了過來，他在水裡拚命掙扎。

媽呀，水好冷！天啊，感覺全身溼透了！當他往下、往下、再往下沉的時候，水流在他耳邊歌唱的聲音多麼鮮明！當他浮出水面又咳又嗆，不停吐水的時候，太陽多麼耀眼又討喜！在他感覺自己又再度下沉時，那份絕望又多麼黑暗！接著，一隻力氣十足的爪子抓住他的後頸。原來是河鼠，他顯然正在開懷大笑。鼴鼠可以感覺到他笑得合不攏嘴。那笑意從河鼠的手臂往下延伸到爪子，再從爪子傳到鼴鼠的脖子。

河鼠抓起一支船槳，塞到鼴鼠手臂下，再抓過另一支，塞到另一邊。接著，河鼠在鼴鼠後頭游呀游，把這隻無助的動物推到岸邊，拖出水面，安頓在岸上。可憐的鼴鼠成了一團全身溼透又癱軟在地的小傢伙。

河鼠稍微幫他搓了搓身子，擰掉身上一些水，然後說：「好了，兄弟！沿著岸邊的纖路努力來回跑，跑到你暖和起來、身子乾了為止。趁著這段時間，我會潛到水裡找野餐籃。」

於是，外表溼透、內心羞愧的鼴鼠，慘兮兮地跑了起來，跑到全身差不多乾了才停下。同一時間，河鼠再次跳進水裡，把小船翻過來、扶正並繫牢，再把漂在水面上的東西慢慢撿回岸邊，最後順利潛入水中找到野餐籃，費了一番工夫才把它帶回岸上。

一切準備就緒後，他們再次出發。垂頭喪氣的鼴鼠一拐一拐坐到船尾。啟程時，他的情緒滿溢，帶著顫抖的聲音低聲說：「河鼠兄，我寬宏大量的朋友，真的很對不起，我竟然做出這麼愚蠢又忘恩負義的事。一想到我差點把那個漂亮的野餐籃弄丟，心裡就很難受。沒錯，我就是不折不扣的蠢蛋，我很清楚這一點。你願意不計前嫌，原諒我這一次，像之前一樣跟我相處嗎？」

「沒什麼大不了的，別放在心上！」河鼠爽朗地回答。「身體溼了一點對河鼠不算什麼！大部分的日子，我待在水裡的時間可比待在陸地還長。別再糾結這件事了。聽我說，我真的覺得你應該來我家，跟我住一段時間。我家很簡陋，完全不能跟蛤蟆家比，不過你還沒看過他家。總之，我還是能讓你住得舒舒服服。我會教你划船和游泳，很快你就能跟我們一樣，在水中游刃有餘。」

河鼠親切的說話方式讓鼴鼠感動得說不出話。他用前爪爪背擦掉一兩滴眼淚，河鼠也體貼地移開目光。鼴鼠的精神很快就恢復了，面對兩隻暗自竊笑他落湯雞模樣的紅冠水雞，甚至還有力氣回敬幾句。

回到家後，河鼠在客廳生起熊熊爐火，給鼴鼠拿來一件室內便袍和一雙拖鞋，把他安頓在火堆前的扶手椅上，跟他分享河上的故事，一直聊到晚餐時間。對鼴鼠這樣的陸居動物來說，這些故事同樣十分刺激有趣，緊緊扣住他的心弦。故事提到攔河堰、突如其來的洪水、跳躍的狗魚，以及亂丟瓶瓶罐罐的汽船（瓶罐不會把自己掉出來，所以至少可以確定瓶罐是被亂丟的，而且因為是從汽船丟出來的，所以可以說是汽船丟的）。故事還說到了蒼鷺，說他們很挑剔，不會隨便跟人講話，還講到鑽進排水溝下面的冒險，跟水獺在夜裡抓魚，以及和獾一起遠足。晚餐吃得賓主盡歡，只是過沒多久，鼴鼠就昏昏欲睡，體貼的主人只好把他帶到樓上最舒適的臥房。鼴鼠一頭倒在枕頭上，既安詳又滿足，心裡明白他結識的那位新朋友，也就是河流，正輕輕拍打著窗臺。

對獲得解放的鼴鼠來說，今天只是第一天，類似的日子往後還多的是。隨著萬物在夏天逐漸成熟，時序慢慢步入盛夏，白天一天比一天長，天天都趣味盎然。鼴鼠學會了游泳和划船，體驗到在流水中嬉戲的樂趣。他把耳朵貼到蘆葦莖上的時候，偶爾會聽到風兒不斷在蘆葦叢中竊竊私語。

2 郊外公路

一個晴空萬里的夏日早晨，鼴鼠忽然說：「河鼠兄，我想請你幫個忙。」

河鼠坐在岸邊，哼著一首小曲。曲子他剛剛才編好，現在興味正濃，顧不上鼴鼠或身邊其他事物。從一大清早，他就跟一群鴨子朋友在河裡游來游去。每當鴨子突然倒頭栽進水裡（他們天生就會這麼做），河鼠便潛入水中，搔癢他們的脖子，出手位置就在他們的下巴正下方（如果他們有下巴的話啦）。河鼠搔呀搔，搔到鴨子受不了。倒頭栽在水裡的時候，他們內心的千言萬語根本無從發洩，所以不得不趕緊把頭伸出水面，氣急敗壞呱呱亂叫，朝河鼠拍打翅膀。後來鴨子苦苦哀求河鼠到旁邊自己玩，少管他們閒事，河鼠才轉頭走開，坐在河岸曬太陽，拿鴨子當主題編了一首〈鴨鴨小曲〉。

〈鴨鴨小曲〉

沿著河上滯水區，
穿過高高燈心草，
鴨鴨栽頭樂戲水，
齊把尾巴翹高高。

母鴨尾，公鴨尾，
黃色腳丫抖抖抖，
黃色扁嘴無影蹤，
伸進河裡忙透透。

泥濘矮叢綠蔥蔥，
一旁擬鯉逍遙游，
美食佳餚冰在這，
涼蔭美饌多更多。

人人各有所好，

我們就喜歡，
頭朝下，尾朝上，
自在戲水樂無邊。

仰望高空藍天下，
雨燕盤旋又鳴叫，
我們栽頭樂戲水，
齊把尾巴翹高高。

「河鼠啊，這首小曲有沒有那麼好，我也不好說。」鼴鼠仔細琢磨後評論道。他不會寫詩，也不在乎讓大家知道這件事，而且他生性坦率，向來實話實說。

「鴨子也不懂啦。」河鼠開朗地回應。「他們說：『到底為什麼不讓人家隨心所欲，在喜歡的時間做喜歡的事，硬要一天到晚坐在河岸觀察他們，對他們評頭論足，拿他們當主題寫詩之類的？真是荒唐得要命！』鴨子就是這麼說的。」

「說得對，太對了。」鼴鼠真心誠意附和。

「才不對！」河鼠忿忿不平大聲反駁。

「好好好，不對就不對。」鼴鼠安撫他說。「是說，我剛剛想問的是，你願意帶我去拜訪蛤蟆先生嗎？我聽了那麼多他的事，真的很想認識他。」

「唔，當然沒問題。」好心腸的河鼠跳起來，把詩歌什麼的拋在腦後，這一天都沒再去多想。「把船划出來，我們馬上過去。什麼時間上門拜訪蛤蟆都可以。早去晚去他都一個樣，脾氣永遠很好，見到你永遠笑嘻嘻，你要走的時候永遠很捨不得。」

「他一定是很棒的動物。」鼴鼠一邊說，一邊坐上船，兩手握住船槳，河鼠則舒舒服服在船尾坐下。

「沒錯，他是最棒的動物。」河鼠回說。「個性非常單純，心腸很好，還很重感情。腦袋也許不太靈光——不可能人人都是天才嘛！有時候他還很愛往臉上貼金，有點自大。話雖然這麼說，他還是有很棒的優點，這一點還是有的。」

他們繞過河灣，一座古色古香的莊嚴宅第映入眼簾。牆面的紅磚經過時間洗禮，呈現出柔和的色調，屋宅的草坪維護得很好，直直延伸到河邊。

「那就是蛤蟆莊園，」河鼠說。「左邊那條小河，就是立著『私人土地，不得上岸』牌子的那一條，順著它就能進到船庫，我們等一下在那裡下船。右邊那裡是馬廄。你現在看到的是宴會廳，歷史非常悠久。跟你說，蛤蟆可有錢了，他的房子真的是這一帶數一數二好的，但我們從來不在蛤蟆面前承認這一點。」

他們平穩地沿著小河前進，划到大船庫的陰影下時，鼴鼠收起船槳。在這裡，他們看到許多漂亮的船，有的掛在橫梁，有的停在滑道，但沒有一艘是在水裡，無人使用的荒廢氣息瀰漫整個空間。

河鼠環顧四周。「原來如此。」他說。「船已經玩夠了，膩了倦了，不想再玩了。不知道他現在又迷上什麼新東西。來吧，我們去找他，相信很快就會聽到來龍去脈。」

他們下了船，踏著愜意的步伐，走過一片花團錦簇的草坪，尋找蛤蟆的身影。不一會兒，他們發現蛤蟆坐在一張庭院藤椅上，全神貫注盯著攤在腿上的大地圖。

「太好啦！」蛤蟆一看見他們就跳起來大叫「棒呆了！」不等河鼠介紹鼴鼠，蛤蟆就熱情地握住他倆的爪子打招呼。「你們人真好！」他接下去說，繞著他們手舞足蹈。「我正打算派船去接你呢，河鼠兄，還想說要千叮嚀萬交代，不管你在做什麼，都要立刻把你接來。我太需要你——你們兩位了。想來點什麼嗎？快進來吃點東西吧！你們來得正是時候，選這時間來可真幸運！」

「靜下來坐一會兒吧，蛤蟆兄！」河鼠一邊說，一邊坐到一張有軟墊的扶手椅上。鼴鼠在他旁邊找了另一張坐下，說了幾句客套話，讚美蛤蟆的「住處讓人心情愉快」。

「這是整條河上最好的房子。」蛤蟆激動地大聲說。「全天下的房子都比不上這裡。」他忍不住多說一句。

說到這裡，河鼠用手肘推了推鼴鼠。好巧不巧，蛤蟆看到了這個動作，臉一下子漲得通紅。場面頓時沉默了片刻，安靜得令人難受，然後蛤蟆忽然哈哈大笑。「好啦，河鼠兄。」他說。「你也知道，我說話就是這樣，何況這房子也沒那麼糟吧？你自己明明也滿喜歡的。聽好囉，現在講正經的。你們正是我需要的夥伴，非幫我不可，這才是最要緊的！」

「我猜，是跟你划船有關的事吧？」河鼠說，語氣沒有惡意。「你進步滿快的，只是還會濺起不少水花。但只要耐住性子，加上大量訓練，就可以……」

「噴，我呸！划什麼船！」蛤蟆打斷他的話，表情非常嫌惡。「小孩子玩的蠢遊戲，我老早就不幹了。純粹是浪費時間，事實就是這樣。看到你們這些動物漫無目的把精力全部耗在划船上，我就心痛到不行，你們應該懂事一點。划船不好，我找到真正有意義的事，人生唯一的志業。我打算把下半輩子都奉獻在上面。以前老做些沒意義的瑣事，糟蹋那麼多年的時間，事到如今也只能後悔再後悔。跟我來吧，親愛的河鼠兄，還有你那和藹可親的朋友，如果他肯賞臉的話就太好了。不會走很遠的，就在馬廄外的院子，到那裡答案就揭曉啦！」

於是，蛤蟆領頭往院子走，河鼠跟在後面，臉上大大寫著「不信任」三個字。到了那裡，一輛金光閃閃的全新吉普賽篷車從馬車房拖出來，車身漆成亮黃色，再用綠色凸顯幾個地方，下面配有紅色車輪。

「看！」蛤蟆叉開雙腿，把身子吹得鼓鼓的，大喊一聲。「有了這輛小篷車，就能過上真正的生活。郊外的公路、塵土飛揚的道路、草木叢生的荒野、共用的公共草地、綿延的樹籬、起伏的山丘，還有營地、村莊、大城小鎮！今天在這裡，明天出發到其他地方！到處旅行，不停變動，樂趣無窮，刺激多多！整個世界就在你眼前展開，地平線永遠在變化。而且注意囉，這是同類車型中有史以來打造得最好的一輛，沒有其他車能媲美。快進來看裡頭的布置，裡面全由我一手設計。沒錯，就是我！」

鼴鼠興致勃勃，非常興奮，迫不及待跟著蛤蟆踩上踏板，進到篷車裡面。河鼠只是哼了一聲，雙手深深插進口袋，站在原地不動。

裡頭確實布置得非常精巧舒適。幾張小臥鋪，一張摺疊起來靠在車廂內壁的小桌子，一個烹飪用的爐子，幾個櫃子和書架，一隻關在鳥籠的小鳥，還有各式各樣、大大小小的深鍋、平底鍋、盛水壺、煮水壺。

「一樣都不少！」蛤蟆一邊得意地說，一邊拉開一個櫃子。「你們看，有餅乾、罐裝龍蝦、沙丁魚，想要的應有盡有。這是蘇打水，那是菸草，還有信紙、培根、果醬、紙牌、骨牌。你們等等就會知道……」他們踩著踏板下來時，蛤蟆繼續說。「你們等等就會知道，我們今天下午出發的時候，什麼東西都沒漏。」

「不好意思，」河鼠嚼著一根乾草，一字一句慢慢說。「你是不是說了什麼『我們』，還有『今天下午』，然後是『出發』，我有聽錯嗎？」

「喲，親愛的好河鼠，」蛤蟆懇求說。「別用那種死板又瞧不起人的口氣說話嘛。你明知道你非來不可。沒有你，我根本應付不過來。拜託就這麼定了吧，不要再爭了，這是我最受不了的。你總不可能一輩子守著你那條又無聊又有霉味的老河流，只在河岸的洞裡還有船上生活吧？我想帶你看看這個世界，把你變成一隻真正的動物，老兄！」

「我才不管你怎麼說。」河鼠固執地說。「不去就是不去，沒什麼好商量。我就是要死守我的老河流，就是要在洞裡，就是要在船上生活，一切照舊。而且呢，鼴鼠會跟著我，和我一起行動。對不對，鼴鼠？」

「那當然。」鼴鼠忠心耿耿地說。「河鼠，我會永遠跟你在一起，你說什麼就是什麼，沒有二話。但是這聽起來，呃，就是說，好像滿有意思的，對吧？」他想去又去不得，於是難過地加上這句話。可憐的鼴鼠啊，冒險生活對他是那麼新奇、那麼刺激，這新鮮事又那麼教人心動。他一眼就愛上了那輛亮黃色的篷車，以及車內所有小小的家具設備。

河鼠看出他的心思，不禁開始有些動搖。他討厭讓別人失望，再說他很喜歡鼴鼠，為了讓他開心，幾乎什麼都願意為他做。蛤蟆在旁邊仔細觀察他們兩個。

「進來吧，先吃點午餐，」蛤蟆耍起手腕說道。「我們再商量一下，不用急著決定。當然啦，我呢，其實沒差，只是想讓你們高興罷了。『助人為快樂之本』是我的人生座右銘。」

午餐不用說，當然是一等一的美食佳餚。蛤蟆莊園裡不管是什麼，向來都是最上等的。用餐時，蛤蟆放飛自己，不把河鼠放在眼裡，直接鎖定初出茅廬的鼴鼠，把他玩弄在股掌間，弄得他心癢癢的。蛤蟆天生是隻喋喋不休的動物，總是被自己天馬行空的想像牽著走。他把之後旅行的光景、戶外生活的樂趣，以及路邊玩耍的趣味描繪得五光十色，鼴鼠聽得心花怒放，椅子都快坐不住。不一會兒，三隻動物似乎自然而然就認定這趟旅行勢在必行。河鼠心裡雖然還有疑慮，但他的好心腸終究壓倒了個人的反對意見。他那兩位朋友已經一頭栽進計畫之中，預想各式各樣的情境，著手安排未來幾星期每天的個人活動。眼見事情發展至此，河鼠實在不忍心掃他們的興。

一切準備就緒後，蛤蟆趾高氣揚帶著同伴來到馬場，讓他們去捉一匹灰色老馬。在這趟風塵僕僕的遠行中，蛤蟆沒有事先徵求老馬的意見，就指派他負責最容易弄得灰頭土臉的工作。這也難怪他會氣得暴跳如雷，直言要待在馬場，讓他們費了好一番工夫去捉他。同一時間，蛤蟆把更多生活必需品放進櫃子，把裡頭塞得滿滿滿，又在車底掛上許多飼料袋、洋蔥網袋、乾草束和籃子。後來他們總算捉到老馬，套上拉車用具後就出發。一路上大家聊得很熱絡，每隻動物照著自己的心情，有時慢慢走在篷車旁邊，有時坐在連接馬和車子的車轅上。午後時光如黃金般燦爛，他們踢起的塵土散發濃郁香氣，聞起來令人心曠神怡。道路兩旁茂密的果園裡，小鳥啁啾鳴唱，開心地向他們打招呼。親切的徒步旅人從身邊走過時，有的向他們問聲好，有的停下來讚美他們漂亮的篷車。樹籬中的兔子坐在自家門口，紛紛舉起前掌讚嘆：「哇塞，哇塞！」

天色昏暗的時候，他們停在一塊遠離人煙的公共草地，把馬鬆開，放馬吃草。此時一行人已經遠離家園，身體雖然疲憊但心情愉快。大家坐在篷車旁的草地上，享用一頓簡單的晚餐。蛤蟆開始說大話，高談之後幾天要做的事。周圍的星星越來越密，越來越大。黃燦燦的月亮不知從哪裡忽然悄悄出現，來跟他們作伴，聽他們談天說地。聊了好一會兒，他們才回到車上，躺在各自的小臥鋪。蛤蟆兩腿一踢，伸直雙腿，睡意朦朧地說：「好啦，晚安，兩位兄弟。這才是真正的紳士生活，再繼續說你那條老河流有多好啊！」

「我不用說的。」河鼠忍住脾氣回應。「你很清楚我不這樣做，蛤蟆，我是用心去想它。」他壓低聲音，可憐兮兮地加了一句。「我是用心想——早也想，晚也想！」

鼴鼠從毯子裡伸出爪子，摸黑尋找河鼠的爪子，碰到後緊緊握了一下。「你想怎麼做，我都聽你的，河鼠兄。」他輕聲細語。「要不我們明天早上溜走，趁一大早的時候，很早很早就走，回到我們河邊溫馨的洞穴？」

「不行，不行，我們要堅持到最後。」河鼠也輕聲說。「真的很謝謝你的好意，但這趟旅行結束之前，我必須跟在蛤蟆旁邊。留他一個人下來，太不安全了。不會拖很久的，他向來只有三分鐘熱度。晚安！」

這趟旅行果然結束得很快，快得甚至超乎河鼠預期。

在戶外盡情玩耍、興奮度過一天之後，蛤蟆睡得很香，第二天早上怎麼搖都搖不醒。鼴鼠和河鼠只好果斷先起身，輕手輕腳做事。河鼠負責照料老馬、生火、洗昨晚的杯子和餐盤，以及準備早餐。鼴鼠則辛辛苦苦走了很長一段路，到最近的村莊採買牛奶、雞蛋，當然還有蛤蟆忘記準備的各種必需品。完成所有苦力活後，兩隻動物已經筋疲力盡，正在放鬆休息。這時蛤蟆神清氣爽出現在他們面前，嘴裡評說原本在家裡還要操煩家務，累得要命，相較之下，現在他們的生活真是輕鬆愉快。

這一天他們愜意地四處遊蕩，穿過綠草如茵的丘陵，沿著狹窄的小路前進，晚上跟昨天一樣在公共草地上過夜。唯一不同的是，這次兩位客人特別確保蛤蟆有乖乖做好分內工作。結果第二天早上要出發的時候，蛤蟆對於原始生活簡單樸素的一面，一點也不像之前那樣欣喜若狂，甚至還想爬回床上睡大頭覺，最後被強行拖下來。今天沿著昨天的路繼續前進，他們穿過狹窄的鄉間小路，到了下午才走上公路。這是這趟旅行的第一條公路，然而就在這裡，一場飛來橫禍，以迅雷不及掩耳的速度衝向他們。這場橫禍固然大大衝擊了他們後續的旅行，可對蛤蟆往後的人生，更是帶來天翻地覆的影響。

當時他們在公路上悠哉散步，鼴鼠走在老馬旁邊陪他聊天，因為老馬之前抱怨大家完全把他晾在一邊，一點也不關心他。蛤蟆和河鼠走在篷車後頭閒聊，至少蛤蟆是說個不停啦，河鼠只是偶爾答腔說：「對啊，的確是這樣。那你怎麼回他？」其實從頭到尾都在想不相干的事。這時他們聽到後方遠處傳來微弱低沉的警示聲，就像遠方有隻蜜蜂嗡嗡作響。他們回過頭，只看到一小團沙塵在空中飛揚，中心有個黑漆漆的影子充滿能量，以風馳電掣的速度朝他們逼近。這團沙塵傳出微弱的噗噗聲，好似一隻不安的動物在痛苦哀號。他們沒有多想，轉回來繼續聊天。眨眼間（感覺時間上就是這麼短），平靜祥和的景象變了樣。一陣狂風伴隨一股聲浪襲來，逼得他們往最近的溝渠跳。那東西撲向他們，噗噗聲震耳欲聾，十分狂妄。一瞬間他們瞥見閃閃發亮的大片厚玻璃，以及車內的摩洛哥皮革椅。這輛豪華汽車體積龐大、野性十足，令人屏息凝視。上頭的駕駛繃緊神經，緊緊抱住方向盤。有那麼一剎那，這輛車支配了整個天地，捲起一團漫天沙塵，把視線完全遮住，團團包圍住他們。緊接著，汽車往前飛馳，逐漸縮成遠處一個小點，變回嗡嗡作響的蜜蜂。

那匹灰色老馬本來一邊拖著沉重的步伐，一邊做白日夢，渴望回到他恬靜的馬場。眼下面對這個不曾碰過的陌生情況，他直接放任自己聽從天生的野性，一會兒向後一仰、抬起前蹄，一會兒向前一踏、往前俯衝，接著又是不停倒退走。不管鼴鼠怎麼使勁拉住馬頭，也不管鼴鼠說了多少鼓勵的話安撫他，老馬都無動於衷，一個勁地把篷車向後推到路邊的溝渠。篷車猛地晃了一下，下一秒只聽見令人心碎一地的碰撞聲。象徵他們驕傲與歡樂的亮黃色篷車，這會兒已躺在溝渠裡，成了無可挽救的殘骸。

河鼠被怒氣沖昏頭，在路上暴跳如雷。「你們這些壞蛋！」他揮舞雙拳怒吼。「你們這幫惡棍、死攔路強盜，橫——橫——橫衝直撞的臭傢伙！我要讓法律制裁你們！我要去報案，把你們送上法庭，告你們告到底！」他的思鄉病頓時煙消雲散。眼下他就是這艘亮黃色大船的船長，別艘船的水手想跟他一較高下，往他的黃色大船橫衝直撞，把船隻逼上淺灘擱淺。他正絞盡腦汁回想以前用了哪些尖酸刻薄的話，咒罵把船開得太靠近河岸的汽船船長。那些汽船掀起的波浪，常常害他家客廳地毯泡在水裡。

蛤蟆挺直身子坐在沙塵滾滾的道路中央，雙腿直直向前伸，目不轉睛盯著汽車消失的方向。他呼吸急促，臉上流露出平靜而滿足的表情，嘴裡時不時輕輕低喃：「噗噗！」

鼴鼠忙著讓老馬鎮定下來，費了一番工夫安撫好之後，才跑去看倒在溝渠裡的篷車。不得不承認，眼前這幅景象實在慘不忍睹。篷車車身的木板撞得面目全非，車窗碎落一地，車軸徹底變形，其中一個輪子還掉下來，沙丁魚罐頭散落一地，鳥籠裡的小鳥可憐兮兮地不停嗚咽，喊著快把他放出去。

河鼠過來幫鼴鼠的忙，但就算他們齊心協力，力氣還是沒有大到可以把篷車扶正。「嘿，蛤蟆！」他們大喊。「你就不能過來幫忙嗎？」

蛤蟆沒有答腔，坐在路上一動也不動。他們走過去看他出了什麼事，只見他一臉恍惚，臉上掛著幸福的笑容，兩眼依舊緊緊盯著毀掉篷車的元凶在馬路上掀起的塵土，偶爾還能聽到他低喃：「噗噗！」

河鼠搖了搖他的肩膀。「你到底要不要來幫我們，蛤蟆？」他板起臉問。

「美妙絕倫，這景象多麼震撼啊！」蛤蟆喃喃自語，完全沒有要挪動身體的意思。「移動的姿態像詩一樣美。這才是真正的旅行之道，唯一的旅行之道！今天在這裡，明天馬上跳到下星期！飛過一個又一個村莊，躍過一座又一座大城小鎮，永遠都在別人前頭！哇，棒呆了！噗噗！噢，天啊，我的天啊！」

「別再耍蠢了，蛤蟆！」鼴鼠大叫，心裡已經徹底死心。

「我竟然從來都不知道。」蛤蟆如痴如夢接著說，語調毫無起伏。「白白虛度那麼多年，以前我竟然不知道，連做夢也沒夢到過。但是現在呢，現在我明白了，我徹底領悟了！噢，從今以後，在我眼前展開的道路將多麼燦爛美麗！在我肆無忌憚飛車疾馳的時候，後面將揚起一大片沙塵。我要以華麗的姿態向前衝，不顧一切把其他馬車掃進溝裡，不管是那些討厭的小馬車、平凡無奇的馬車，還是亮黃色的馬車！」

「我們該拿他怎麼辦？」鼴鼠問河鼠。

「不怎麼辦。」河鼠果斷回答。「因為我們真的束手無策。你也知道，我認識他很久了，現在他跟著魔沒兩樣，陷入全新的狂熱。這副鬼樣子就是第一階段，每次都這樣。這個狀態還會維持好幾天，他會像一隻遊走在美夢中的動物，什麼事都派不上用場。別理他，我們去看看有什麼辦法能處理篷車。」

仔細檢查後，他們發現就算他倆有辦法把篷車扶正，車也走不動了。車軸已經完全變形，脫落的輪子也摔得四分五裂。

河鼠把韁繩繫在馬背上，一手牽著馬，一手提著鳥籠，把籠裡躁動不安的小鳥一起帶走。「走吧！」河鼠不苟言笑對鼴鼠說。「最近的城鎮離這裡還有五、六哩，我們只能用腳走過去，越早出發越好。」

「那蛤蟆怎麼辦？」要走的時候，鼴鼠憂心忡忡地問。「我們不能把他丟在這裡，讓他一個人坐在路中間，整個人還恍恍惚惚的。這樣太危險了，萬一又有一輛開過來怎麼辦？」

「嘖，煩死人的蛤蟆，」河鼠惡狠狠地說。「我跟他一刀兩斷了。」

然而，他們還沒走遠，就聽到身後傳來啪嗒啪嗒的腳步聲，原來是蛤蟆趕上來了。他把兩隻手分別挽進河鼠和鼴鼠的手臂，呼吸依然很急促，兩眼依舊渙散失神。

「喂，聽好了，蛤蟆！」河鼠嚴厲地說，「一到鎮上，你就得直接去警察局，看他們有沒有那輛汽車的資料，查出車主是誰，然後提出控訴。接下來你必須去找鐵匠鋪或修車輪的店鋪，安排他們去把篷車載回來修好。雖然修理會花一段時間，不過篷車沒有損壞到無法修復的地步。這段時間，我和鼴鼠會去找一間旅館，訂幾間舒適的房間。我們會待到車子修好，等你從驚嚇中恢復鎮定之後再離開。」

「什麼警察局？控什麼訴？」蛤蟆喃喃囈語。「竟然要我控訴那輛車？那種美景可是天賜的，只有天上有啊！修什麼車？我再也不碰馬車了！我不想再看到那輛篷車，也不想再聽到它的事。唉，河鼠兄，你都不知道我多感謝你同意加入這趟旅行。少了你，我根本不會上路。那樣的話，我說不定就永遠看不到……看不到那天鵝、那陽光、那閃電！可能永遠聽不到那迷人的聲音，也聞不到那令人神魂顛倒的氣味！這全是多虧你們，我的兩位摯友！」

河鼠絕望地撇過臉。「看到沒有？」他隔著蛤蟆的頭對鼴鼠說。「他已經沒救了，我也死心了。我們一到鎮上，就直接去火車站。運氣好的話，也許能在那裡搭上車，今晚就能回到河岸。從今天起，你絕對不會再看到我跟這隻惹人厭的動物玩在一塊兒。」河鼠哼了一聲，一路上只跟鼴鼠說話，就這樣走完這段累人的路程。

一到鎮上，他們直奔車站，把蛤蟆安置在二等候車室，付了兩便士給搬行李的腳夫，請他好好看住蛤蟆。隨後他們把老馬寄放在一間旅館的馬廄，盡可能把如何處理篷車和車上的東西交代清楚。經過一波三折，一列區間車總算把他們載到離蛤蟆莊園不遠的車站。他們把著了魔、半夢半醒的蛤蟆送到家門口，扶他進到屋裡，交代管家準備晚餐給他吃，幫他換衣服，送他上床睡覺。接著他們把小船從船庫划出來，順流而下划回家。直到夜色很深的時候，他們才坐在自家溫馨的客廳裡享用晚餐，外頭河水潺潺，河鼠覺得非常滿足愉快。

第二天早上，鼴鼠很晚才起床，放鬆了一整天。河鼠到幾個朋友家串門子，閒話家常。到了晚上，鼴鼠坐在岸邊釣魚，河鼠散步過來找他。「聽說了沒？」河鼠問。「整條河岸都在談論同一件事。蛤蟆今天早上搭早班火車進到鎮裡，訂了一輛非常昂貴的大汽車。」

3 野森林

鼴鼠早就想認識獾了。從他聽到的各種消息來看，獾似乎是號大人物。雖然他很少露面，但這裡所有動物都能感覺到他無形的影響力。可是每次鼴鼠向河鼠提起這個心願，河鼠總是再三推託。「不用著急。」他每次都這麼說。「獾總有一天會來的，他三不五時就會現身一下，到時候我再把你介紹給他。他真的是最最好的動物！只是你見到他的時候，必須接受他的個性，更重要的是，想見他的話，還得順應他出現的時機。」

「就不能邀他過來嗎？像是吃頓飯之類的。」鼴鼠問。

「他不會來的。」河鼠回答得很乾脆。「獾討厭社交，討厭邀約，討厭請客吃飯。這一類的事他都不喜歡。」

「好吧，那我們去拜訪他怎麼樣？」鼴鼠提議說。

「這個嘛，我敢肯定他百分之百不會喜歡。」河鼠慌慌張張回答。「他非常怕生，這麼做一定會冒犯到他。雖然我跟獾很熟，但我從來不敢單獨去拜訪他家。更何況我們也辦不到，連考慮都不用考慮，因為他住在野森林正中央。」

「唔，就算他真的住在那裡，」鼴鼠說。「你不是跟我說過野森林也沒什麼大不了嗎？」

「呃，我說是說過，是沒錯啦。」河鼠含糊其辭迴避問題。「但是我覺得現在去不好，時機還沒到。去那裡要走很遠的路，再說這個季節他也不在家。只要你耐心等，總有一天他會來的。」

河鼠都這麼說了，鼴鼠只好耐心等待，然而獾始終沒有現身。日子一天天過去，他們每天都在嬉戲中度過。後來夏天逐漸遠去，天氣變得寒冷冰涼，大地結滿冰霜，路上盡是泥濘，他們大多數時候只能待在屋內。窗外的河水高高漲起，湍急的水流奔騰而過。流水的速度之快，任你再怎麼想方設法划船都是白費工夫。在這樣的情景下，鼴鼠的思緒又開始繞著那隻形單影隻的獾打轉，執意想見見那位在野森林中央獨居的灰色老獾。

冬天的時候，河鼠早睡晚起，睡覺的時間很長。在短暫清醒的時間裡，有時他會隨意寫寫詩，有時會做些瑣碎的家務。當然，總有一些動物會來串門子閒聊，空氣中也因此流轉著各式各樣的故事。大家交換過去這個夏天的心得，訴說當時的點點滴滴。

回過頭翻開這一切，真是精采紛呈的篇章！插圖一張接著一張，數量如此之多，色彩如此繽紛。河岸上，盛裝打扮的演出隊伍踏著節奏，一步步沿岸邊遊行，呈現出的景象宛如連綿不斷的風景畫，一幅又一幅，壯麗無比。紫色的千屈菜早早到達河岸，靠著鏡子般的水面，擺動濃密而纏結的秀髮，眉開眼笑的倒影與自己相映生輝。緊跟在後的柳蘭像一朵落日時分的粉色雲彩，溫柔中又透出淡淡哀傷。紫色和白色的聚合草手牽著手，悄悄穿行到隊伍前頭，走到定位上。後來在某天早上，羞怯的犬薔薇踩著優美的步伐，姍姍來遲登上舞臺。這一刻，就像弦樂團從壯麗的和弦轉為演奏一曲輕快的嘉禾舞曲[4]，任誰都知道六月終於來了。不過，演出隊伍還在等一位成員。他是仙女追求的牧羊少年，是佳人在窗邊盼望的騎士，是給沉睡中的夏日獻上一吻的王子，而這一吻將喚醒生機與愛意。等到風度翩翩的繡線菊穿著琥珀色的緊身無袖外套，散發著芬芳香氣，彬彬有禮走到隊伍就定位，好戲便將登場。

4 嘉禾舞曲（gavotte）原為法國農民舞蹈，後於十六至十八世紀成為風行的宮廷舞蹈及器樂曲，為輕快的田園式曲風。

多麼精采的表演啊！外頭風雨敲打著家門，睡意朦朧的動物舒舒服服窩在洞裡取暖，細數那些記憶依舊鮮明的夏日早晨。那時太陽再過一小時才升起，白霧緊緊貼著水面，還沒有散去。動物在清晨撲通入水，讓腦袋瞬間清醒。沿著河岸，小動物蹦蹦跳跳，大地、空氣和水開始閃閃發光。突然間，太陽又與他們同在，灰暗的世界轉為金黃色，繽紛的色彩再次從大地誕生，快速往四面八方鋪展開來。他們想起在炎熱的夏日正午時分，躲在蓊鬱的樹叢慵懶地睡午覺，陽光穿透枝葉，灑下微小的金色光束和斑點。午後時光，他們時而划船，時而游泳，時而在塵土飛揚的小路上漫步，穿過一片又一片黃澄澄的玉米田。到了漫長而涼爽的夜晚，大家聚在一起，串起未完結的故事，加深彼此的友誼，一起計畫明天許許多多的冒險。冬天的白晝很短，動物圍在火堆旁談天說地，總是有聊不完的話題。雖然如此，鼴鼠還是有很多空閒時間。某天下午，河鼠坐在扶手椅上，對著熊熊爐火，一邊打瞌睡，一邊琢磨押韻的詞，但怎麼押都不成韻。就在這時候，鼴鼠打定主意，決定獨自出門到野森林探險，心想說不定可以碰巧遇到獾先生，跟他認識一下。

那是一個寒冷寂靜的下午，鼴鼠從溫暖的客廳悄悄溜到外頭。頭頂上的天空是冷硬的鐵灰色，四周的田野光禿禿的，一片葉子也沒有。大地之母正陷入一年一度的酣睡之中，似乎還把身上的衣裳統統褪去。鼴鼠覺得自己從來沒有像今天這樣看得那麼遠，也不曾那麼仔細端詳事物的內在樣貌。小灌木林、小山谷、採石場等等隱密的地方，本來在枝葉繁茂的夏天是值得探索的神祕礦坑，現在這些地方卻可憐兮兮地暴露出真實的模樣與祕密，彷彿在哀求鼴鼠暫時忽略它們貧瘠破落的慘樣，等到它們能像以前一樣，在華麗妝點的化妝舞會狂歡作樂，用老掉牙的把戲欺騙和引誘他，到時候再來見面。這幅景象一方面怪可憐的，一方面又讓他很開心，甚至開心到欣喜若狂。鼴鼠心裡洋溢著喜悅，因為他喜歡脫去華麗外衣的鄉野風光，沒有任何修飾，只有堅實的原貌。他深入其中，探索大地赤裸的骨骼，那是美好、堅固又簡約的存在。他不想要暖洋洋的苜蓿，也不想看野草結籽的舞姿。樹籬圍成的屏風，山毛櫸和榆樹形成波浪起伏的帷幔，都最好從他眼前消失。他興致勃勃朝野森林前進。森林低低矮矮，在眼前橫展開來，散發一股險惡的氣息，宛如某片靜謐南方海域底下的暗礁。

　　剛踏進去的時候，沒有發生什麼令他害怕的事。樹枝在他腳下嘎巴嘎巴響，倒下的木頭時不時絆住他的腳，樹樁上長出的菌類就像插畫中浮誇的人臉，乍看之下很像某個熟悉而遙遠的東西，一瞬間讓他嚇了一跳。不過在他眼裡，這些都很好玩，什麼都很刺激。這份心情領著他繼續前進，深入到光線微弱的地方。樹木的腰越彎越低，向他慢慢靠攏，而兩旁的洞穴銜著他張開醜陋的嘴巴。

此刻四周悄然無聲。黃昏一步步朝他逼近，背後與前方的暮色快速合攏，光線如洪水般漸漸退去，最後完全消失。

緊接著，那些臉開始出現。

他隱約感覺在肩膀後方看到一張臉。本來，他覺得有一張邪惡的三角形小臉，從洞穴裡注視著他，但是當他轉身去看，那張臉卻消失無蹤。

他一邊加快腳步，一邊幫自己打氣，告訴自己不要胡思亂想，一亂想就會沒完沒了。他經過一個又一個洞穴，一個又一個洞穴，然後——有，沒有，有！絕對有一張狹長的小臉，瞪著冷冰冰的眼睛，在洞穴一閃而逝。他猶豫了一下，奮力鼓起勇氣，繼續大步往前走。忽然間，又好像其實一開始就是這幅景象，每一個洞穴似乎都藏著一張臉，遠遠近近加起來總共有好幾百個洞穴，好幾百張臉忽隱忽現，全都用惡狠狠又帶有敵意的眼神瞥向他。那些目光全都冷冰冰的，邪惡又銳利。

他心想，只要能脫離小路旁邊的洞穴，就不用再面對那些臉。於是他改變方向，離開小路，鑽進森林裡沒人走過的地方。

接著，口哨聲開始響起。

最初聽到的時候，口哨聲從他身後的遠處傳來，聲音十分微弱而尖銳。也不曉得為什麼，他一聽到就抓緊腳步向前狂奔。後來，口哨聲又從前方很遠很遠的地方傳來，聲音依然非常微弱、尖銳。他頓了一下，想掉頭跑回去。就在他猶豫不決的時候，口哨聲忽然從他左右兩邊響起，那聲音就像一個傳一個，一個傳一個，傳遍了整座森林，一直傳到遠方盡頭。不管是誰發出的，對方人馬顯然已經提高警覺，準備伺機而動，他卻是隻身一人，手無寸鐵，無援無助。此刻，黑夜也漸漸逼近。

接著，啪嗒啪嗒的聲音開始出現。

起初那聲音非常隱微且輕柔，他以為只是葉子落下。後來聲音越來越大，還帶有規律的節奏，他一聽就猜出是小腳丫啪嗒啪嗒的聲音，不可能是別的，不過還跟他距離非常遠。那聲音是在前面，還是後面？一開始像在前面，但聽著聽著又像在後面，再聽一下又像前後都有。他焦急地往這邊聽聽，又往那邊聽聽，只覺得聲音越來越大，越來越雜亂，彷彿從四面八方朝他逼近。他站著不動，打開耳朵仔細傾聽。就在這時候，一隻兔子穿過樹林，朝他狂奔而來。他站在原地等待，心想兔子會放慢腳步，或者從他身邊緊急轉彎，跑向別條路。不料兔子衝過去的時候，幾乎快擦撞到他。那隻兔子臉色凝重而堅定，兩隻眼睛瞪得大大的。

「快逃出去，蠢貨，快逃！」鼴鼠聽到兔子一邊嘀咕，一邊迅速繞過樹樁，鑽進一個安全的地洞，銷聲匿跡。

啪嗒啪嗒的聲音越來越大，到後來聽起來就像猛然降下的冰雹，打在鼴鼠四周厚厚的枯葉上。這一刻，整座森林彷彿跑了起來，拚命跑呀跑，就像在狩獵、追趕、圍捕某個目標，難道是在追哪隻動物？鼴鼠驚恐萬分，跟著跑了起來。他漫無目的亂跑，不知道往哪裡才好。他不停狂奔，東撞西撞，一下子摔倒，一下子跌進未知的地方，一下子在底下竄來竄去，匆忙閃躲。最後，他躲進一棵老山毛櫸的樹洞。這個洞幽深漆黑，既可以保護他，又可以藏身，也許還很安全，但這點誰也說不準。不管怎樣，他已經筋疲力盡，沒有力氣再繼續跑，只能蜷縮在飄進樹洞的枯葉底下，祈求自己暫時平安無事。他氣喘吁吁躺在裡頭，渾身不停顫抖，一邊還聽著外面的口哨聲和啪嗒聲。這下他總算徹底明白，他遭遇的正是其他住在田野或樹籬的小動物在這裡遇到的可怕東西，他們聲稱碰上它是人生最黑暗的時刻。這東西就是河鼠煞費苦心要他遠離卻功虧一簣的存在，那是野森林的恐怖之源！

同一時間，河鼠全身暖洋洋，舒舒服服坐在火爐邊打瞌睡。他仰著頭，張著嘴，進入夢鄉，在夢裡的青翠河岸漫步，現實中那張寫了一半的詩稿則從他的膝上落下。忽然間，一塊煤炭滑落，火爐劈啪作響，竄出一簇火焰，把河鼠驚醒。他想起剛才在做的事，於是伸手撿起地上的稿子，又仔細琢磨了一陣子，然後抬頭尋找鼴鼠的身影，想請教他知不知道有什麼字可以跟這個或那個押韻。

但是鼴鼠不在。

他豎起耳朵，聽了聽四周的動靜，只覺得屋裡靜悄悄的。

他隨即喊了幾聲：「鼴鼠兄！」但沒有任何回應，於是起身走到玄關。鼴鼠的帽子不在他平常掛著的掛鉤上，那雙一向放在傘架旁邊的防水鞋套也不見了。

河鼠走出家門，仔細觀察屋外地上的泥濘，希望能找到鼴鼠的足跡。找到了，絕對錯不了。那雙鞋套是為了過冬新買的，鞋底凸起的小顆粒還很新，形狀清晰可見。他看出泥濘上的鞋印筆直向前延伸，目的地十分明確，直直指向野森林。

河鼠臉色凝重，站在原地沉思一兩分鐘。接著他轉身回到屋內，在腰間繫上皮帶，往皮帶插上兩把手槍，拿起放在玄關角落的粗棍棒，三步併作兩步趕往野森林。

等他來到森林最外圍的樹木邊緣，天色已經漸漸暗下來。他毫不猶豫地直接鑽進森林，滿心焦急往兩邊張望，尋找朋友的蹤影。一路上到處都有邪惡的小臉從洞穴冒出來，但一看到眼前這隻動物英勇的模樣，看到他的兩把手槍，還有那根緊握在手中、外觀怪嚇人的粗棍棒，那些小臉馬上就消失不見。剛進到森林時，他還能清楚聽到口哨聲和啪嗒聲，但現在那些聲音漸行漸遠，最後完全消失，四周陷入一片寂靜。他勇往直前，穿越整座森林，一直走到盡頭。接著，他拋棄所有小路，直接橫跨森林，費盡千辛萬苦搜索地面每一個角落，同時抱著積極樂觀的態度不停大喊：「鼴鼠兄，鼴鼠兄，鼴鼠兄，你在哪裡？是我啊，是我河鼠！」

他在森林裡耐心搜索了一個多鐘頭，終於聽到微弱的喊叫聲在回應他，他的眼睛馬上亮了起來。河鼠循著聲音的方向，穿過越來越漆黑的樹林，來到一棵老山毛櫸腳下。這棵樹有個樹洞，洞裡傳出一絲微弱的聲音：「河鼠兄！真的是你嗎？」

河鼠爬進洞裡，發現鼴鼠疲憊不堪，渾身直打哆嗦。「天啊，河鼠！」鼴鼠大喊。「嚇死我了，你都不知道我有多怕！」

「噢，我完全能理解。」河鼠安慰他說。「你真的不應該跑來這裡，鼴鼠。我已經盡全力阻止你了。我們這些河岸居民很少自己來這邊。如果非來不可，起碼也要結伴來，才不會出什麼問題。還有啊，來之前必須先學會上百件事，這些我們都很清楚，但你還不瞭解。我指的是那些通關密語、記號、有特殊力量和效用的口訣，口袋裡應該隨身攜帶的植物，嘴裡要反覆念誦的詩句，還有要練習的把戲和閃躲技巧。等你學會後，這些都很簡單。如果你是小動物，就必須瞭解這些，不然就會碰上麻煩。當然啦，如果你是貛或水獺，就另當別論。」

「蛤蟆先生那麼勇敢，一定不怕自己來這裡吧？」鼴鼠問。

「你說蛤蟆？」河鼠哈哈大笑。「他才不會單獨來這裡露面呢。哪怕給他滿滿一帽子的金幣，他也不會來。」

聽到河鼠開懷大笑，再看到他的棍棒和閃亮的手槍，鼴鼠大大振作了起來。他不再瑟縮發抖，膽子也開始變大，逐漸恢復平常的狀態。

「好啦，」河鼠過了一會兒說。「我們真的得打起精神，趁天色還有一絲亮光，趕緊動身回家。你懂的，絕對不能在這裡過夜。別的不說，現在光是天氣就冷到不行。」

「親愛的河鼠兄，」可憐的鼴鼠說。「真的太對不起了，我實在累得要命，我是說真的。你得讓我在這裡多休息一下，恢復體力，不然我根本沒力氣走回家。」

「唔，沒問題，」好心腸的河鼠說。「那就休息吧，反正天也差不多全黑了，等一下應該還有一點月光。」

於是鼴鼠鑽進枯葉，伸伸懶腰，一下子就睡著了，只是他睡得斷斷續續，不是很安穩。河鼠為了讓身體保持溫暖，也盡量把自己裹得嚴嚴實實，躺著耐心等待，一隻爪子還握著手槍。

鼴鼠睡醒後，感覺神清氣爽，恢復了往常的精神。河鼠說：「好啦，我去看看外面平不平靜，然後我們真的該出發了。」

他走到洞口，把頭探出去。鼴鼠聽到他自言自語：「哎呀呀，這下麻煩啦！」

「怎麼了，河鼠兄？」鼴鼠問。

「雪上來了，」河鼠簡短回答。「準確來說是下雪了，而且下得很大。」

鼴鼠走過去，蹲在河鼠旁邊。他往外一望，看見早些時候把他嚇得魂飛魄散的森林，這會兒呈現出截然不同的面貌。洞穴、樹洞、水灘、陷阱，以及其他對過路旅人造成威脅的險惡存在，正迅速從視線中消失。四周鋪上了一張閃爍迷離的仙境地毯，那地毯顯得那麼柔美脆弱，讓人不忍心用粗糙的雙腳在上面踐踏。望向天空，漫天飄散著細緻的粉末，輕輕觸碰到臉頰時，感覺刺刺的。地面彷彿散發著光輝，照亮了黝黑的樹幹。

「唉呀，唉呀，不出去也不行。」河鼠左思右想後說。「我們還是非上路不可，看來只能冒險試試了。最不妙的是，我不確定我們現在在哪裡，偏偏眼前這場雪還把所有景色變了樣。」

的確是這樣，要不是有河鼠，鼴鼠根本認不出這是同一座森林。無論如何，兩隻動物還是鼓起勇氣出發。他們選了一條看起來最有希望的路線，沿路互相扶持，擺出一副不屈不撓的樂觀態度。每碰到一棵繃著臉、無聲向他們問好的大樹，明明彼此素未謀面，他們倆還是裝出見到了老朋友的樣子。又或者，在那片白茫茫的雪地和一成不變的烏黑樹幹之間，每每看到空地、缺口或小路，他們仍硬是裝作認出了什麼熟悉的特徵。

一兩個小時之後（實際過了多久也數不來了），他們停下腳步，垂頭喪氣，渾身疲乏無力，內心絕望又茫然，只能坐在一根倒下的樹幹上調整呼吸，思索下一步。他們累得全身痠痛，一路上摔得青一塊紫一塊，還跌進好幾個坑洞，弄得全身溼答答。大雪越積越深，他們短短的雙腿幾乎無法挪動，而樹木也越來越密，越看越像一個樣。這座森林彷彿沒有盡頭，沒有起點，沒有一絲區別，最糟糕的是，沒有任何一條通往外面的路。

「我們不能在這裡坐太久。」河鼠說。「我們得加把勁，總要做點什麼。天氣實在冷得受不了，雪還越積越深，很快我們想走也走不動了。」他四下張望，想了一下。「聽我說，」他接著講，「我是這樣想的，前面有一片小山谷，那邊好像有很多小山、小丘和小圓丘。我們往下走去那邊，想辦法找可以遮風避雪的地方，像是地面乾燥的山洞或洞穴，然後好好休息一下，再接著上路試試。我們兩個現在都累壞了。再說，雪也可能會停，或者出現轉機什麼的。」

於是他們再次動身，踉踉蹌蹌走到小山谷，在那裡尋找乾燥的山洞或角落之類的地方，避避刺骨的寒風以及飛舞的白雪。就在他們仔細探察河鼠提到的小圓丘時，鼴鼠猛然絆了一跤，發出一聲尖叫，撲倒在地。

「哎喲，我的腿！」他大叫。「噢，我可憐的小腿！」他在雪地上坐起來，用兩隻前爪揉著。

「可憐的鼴鼠！」河鼠關心地說。「你今天運氣好像不太好，對吧？我來看看你的腿。果然，」他跪下來檢查傷勢後繼續說。「你的小腿割傷了，十之八九是這樣。等一下，我拿手帕幫你包紮。」

「一定是被樹枝或樹樁絆倒的。」鼴鼠一臉慘樣地說。「哎喲！哎喲！」

「傷口乾淨俐落。」河鼠又仔細檢查了一遍。「絕對不是割到樹枝或樹樁，看起來像是被某個金屬物的銳利邊緣割傷的。有意思！」他沉思片刻，接著勘察四周的小雪丘和斜坡。

「算了，別管是割到了什麼。」鼴鼠痛得說話顛三倒四。「管他是什麼割到了，都一樣痛。」

然而，河鼠把他晾在一邊。才剛小心翼翼幫鼴鼠用手帕包紮好小腿後，他便忙著在雪地裡挖個不停。他又刨又劃，四下摸索，四條腿忙得不可開交，鼴鼠則在旁邊不耐煩地等著，時不時碎念一句：「唉，算了吧，河鼠！」

突然間，河鼠歡呼一聲「萬歲！」接著又喊：「萬歲，萬歲，萬萬歲！」然後，他直接在雪地裡跳起輕快歡樂的吉格舞[5]來，但跳得不是很有力。

「你到底發現了什麼，河鼠兄？」鼴鼠問，前爪還揉著腿。

「快來看！」歡欣雀躍的河鼠說，同時繼續跳他的舞。

鼴鼠一拐一拐走過去，仔細瞧了瞧。

「嗯，」過了一會兒，他才慢吞吞開口說。「我看得清清楚楚，這種東西以前也看過，看過很多很多次，就是個眼熟的玩意兒。原來是門口刮泥板！咦，那

5 吉格舞（jig）為英國民俗舞蹈。

有什麼好大驚小怪的？幹麼繞著刮泥板跳舞？」

「難道你不明白這代表什麼嗎？你——你這個遲鈍的傢伙！」河鼠不耐煩地大喊。

「我當然明白。」鼴鼠回答。「這不過代表有個超級粗心又超級健忘的傢伙，把他家刮泥板弄丟在野森林中央，而且正好丟在一定會絆倒別人的地方。不是我在說，他也太不替別人著想了吧！等我回家，我就要去找，呃，總之就是去找個誰告狀，等著瞧吧！」

「唉，我的天啊！」河鼠大叫一聲，對鼴鼠遲鈍成這樣失望透頂。「喂，別吵了，快過來挖！」河鼠又接著挖了起來，把積雪弄得四處紛飛。

埋頭苦幹一番之後，他的努力總算得到回報，眼前露出一塊破舊的門墊。

「看吧，我怎麼跟你說的？」河鼠得意洋洋高呼。

「根本一點意義也沒有。」鼴鼠直接把心裡話說出來。「好，現在呢，」他接下去說。「看來你又找到別人家的垃圾，一看就是用壞了才亂丟，我猜你應該樂翻天了。非要繞著它跳舞的話，就趕快跳，跳完之後總可以接著趕路，不用繼續在這堆垃圾上浪費時間了吧？門墊能吃嗎？能當棉被蓋著睡覺嗎？還是能坐在上面，把它當雪橇滑回家？你這隻讓人咬牙切齒的齧齒動物！」

「你真的覺得，」情緒高漲的河鼠大聲說，一個字一個字說得很清楚。「這塊門墊沒告訴你什麼嗎？」

「講真的，河鼠，」鼴鼠氣沖沖地說。「我想我們倆都受夠這場鬧劇了。到底有誰聽過門墊能告訴別人什麼？門墊根本不會說話，那徹頭徹尾就不是它的本事。門墊可是很守本分的。」

「聽清楚了，你——你這個腦袋裝水泥的笨蛋，」河鼠回說，這下他真的氣得火冒三丈。「不要再吵了，一個字都別說，給我挖就是了。如果你今晚想在乾爽又暖和的地方睡覺，就快挖、快刨、快掘，快點四下找找，尤其是小雪丘的四周，這是我們的最後機會！」

河鼠發狂似地猛攻一旁的雪丘，拿棍棒東戳西戳，然後瘋狂挖呀挖。鼴鼠也忙著挖開積雪，理由沒別的，就是為了幫助河鼠，因為他總覺得這位朋友的頭腦越來越錯亂。

埋頭苦幹大約十分鐘之後，河鼠的棍棒底端敲到某個東西，聽起來是空心的。他繼續挖呀挖，直到一隻爪子可以伸進去碰到為止。隨後他把鼴鼠叫過來幫忙，兩隻動物拚命挖，最後他們用汗水辛苦換來的成果，終於完完全全顯露出來。從一開始就心存疑慮的鼴鼠看到眼前的景象，不禁大吃一驚。

那原本看似雪丘的一側，如今出現一扇漆成墨綠色的小門，看上去很堅固。門邊掛著一條敲響門鈴的鐵拉索，拉索下方有一塊小銅牌，上面整齊刻著幾個黑體字。憑著月光，可以讀出上面刻的字是：

獾先生

鼴鼠又驚又喜，直接往後倒在雪地上。「河鼠！」他懺悔般地大喊。「你太厲害了，是個不折不扣的厲害角色，貨真價實的一號人物。我現在全明白了！從我跌倒割傷小腿那一刻起，你就用你機智的腦袋一步一步證明自己的推論。一看到我的傷口，你那絕頂聰明的頭腦馬上跟自己說：『是刮泥板！』然後你就轉過身去找，果真找到割傷我的刮泥板！你有就此罷休嗎？沒有。有些人到這邊就滿足了，但你沒有。你聰明的腦袋繼續轉，你告訴自己：『只要讓我找到門墊，就可以證實我的推論！』結果門墊當然也找到了。你頭腦太好了，我相信不管你想找什麼都能找到。你心想：『這下子，一定有一扇門，雖然沒有親眼看到，但門的畫面清清楚楚呈現在眼前。現在只差一件事沒做，就是把門找出來！』哇，這種事我只在書裡讀過，從來沒有在現實生活碰過。你應該去能好好賞識你的地方，在這裡跟我們這些傢伙混，實在太大材小用了。要是我有你這般聰明才智，河鼠兄……」

「不過，既然你沒有，」河鼠毫不客氣打斷他的話。「我看你是想整晚坐在雪地，一張嘴說個不停是吧？趕快起來，看到那邊的拉索沒有？快去拉，力氣多大就拉多大力，我來用力敲門。」

河鼠用棍棒一個勁地猛敲，與此同時，鼴鼠跳了起來，緊緊握住拉索，使勁拉扯。他的兩腳離地，身體在空中擺盪。隱隱約約地，他們聽到在很遠很遠的另一邊，一陣低沉的鈴聲遙遙相應。

4 獾先生

他們耐心等待，反覆在雪地上跺腳取暖。彷彿過了很久，才聽到門內傳來拖沓的腳步聲，緩緩朝門口靠近。正如鼴鼠對河鼠說的，這聲音就像有人穿著過大的破舊室內拖鞋在走路。這回鼴鼠很聰明，因為他的描述精準無比，恰如其實。

門後這時傳來拔出門閂的聲音。門開了幾吋寬的小縫，剛好足以露出一個長長的口鼻和一雙惺忪的睡眼。

「嘖，下次再遇到這種事，」一個疑心重重的聲音粗聲粗氣地說。「我一定會發飆。這次又是誰大半夜打擾別人？快報上名來！」

「噢，獾，」河鼠拉高嗓門說。「拜託讓我們進去吧。是我，河鼠，還有我的朋友鼴鼠。我們在雪地裡迷路了。」

「咦，是河鼠老弟，我親愛的小兄弟啊！」獾驚訝地說，語氣一百八十度大轉變。「進來吧，兩位，快進來。哎呀，你們一定凍壞了。真叫人難以置信！竟然在雪地裡迷路，還是在野森林裡，而且是在大半夜。不說了，趕快進來吧！」

兩隻動物迫不及待擠進門，結果把彼此絆倒了。聽到大門在身後關上的聲音，他們不禁眉開眼笑，心裡大大鬆了一口氣。

獾穿著一件長長的室內便袍，腳上的拖鞋的確非常破舊。他手上端著一座扁平燭臺，看來在他們拉鈴、敲門呼喚的時候，他正要回房睡覺。獾仁慈地低頭看著他們，輕拍他們的小腦袋。「像今天這樣的晚上，小動物不該出門，」獾的口吻像位慈父。「怕是你又在調皮搗蛋了，河鼠老弟。不管怎樣，跟我來，一起到廚房。那裡有很棒的壁爐，還有晚餐，應有盡有。」

獾端著燭臺，拖著腳走在前面，另外兩隻動物滿心期待跟在後頭，用手肘輕推對方。他們穿過一條又長又暗的通道，說實在的，這條通道顯然已經相當老舊。走著走著，他們進入類似中央門廳的地方，從門廳隱約可以看到其他像隧道般延伸的長長通道，一條條向外開枝分岔，怎麼看也看不到盡頭，散發著神祕氣息。不過，門廳裡也有幾扇門，那些門是用堅固的橡木做的，外觀給人一種溫馨的感覺。獾推開其中一扇，轉眼之間，他們發現自己置身在一間爐火通明、暖洋洋的大廚房。

廚房地板鋪著磨損得十分老舊的紅磚，寬敞的壁爐燒著木柴，壁爐兩旁凹入的空間很漂亮，就嵌在牆壁之中，絲毫不用擔心冷風吹入。壁爐外兩側，面對面擺著一對高背長椅，為喜愛談天說地的客人提供更多位子。廚房中央立著一張長桌，桌子由質樸的木板和木頭支架組合而成，桌邊兩側擺著長凳。在長桌的一端，一把扶手椅向後拉開，前方的桌面放著獾吃剩的晚餐，菜色簡單但分量很足。廚房的另一頭，立著一座櫥櫃，上面有好幾層架子，架上放著一排排一塵不染的餐盤，乾淨得閃閃發亮。支撐屋頂的椽子掛著一條條火腿、一捆捆乾燥香草、一袋袋洋蔥，還有好幾籃雞蛋。感覺這個地方，很適合凱旋歸來的英雄盡情享受宴飲之樂；疲於收割的農人在收割季節尾聲，也可以一大群人圍坐在桌子旁歡笑高歌，一起慶祝豐收的喜悅；對於那些品味樸素的朋友，這裡也能容納兩三位，讓他們隨意坐坐，舒適愜意地吃吃東西，一邊抽菸，一邊暢談天地。氣色紅潤的磚面地板，對著燻黑的天花板微微一笑。經過歲月洗禮，兩張橡木高背椅也磨出光澤，彼此眉來眼去。櫥櫃裡的盤子也對著架上的鍋子咧嘴燦笑。歡樂的火光閃爍起舞，毫無偏袒地照亮了每一個角落。

和藹的獾把他們推到一張高背椅坐下，好在壁爐旁烤烤身子，接著吩咐他們脫下溼掉的外套和靴子。他幫他們拿來便袍和拖鞋，並親自用溫水清洗鼴鼠的小腿，再拿創傷貼布貼在傷口上，把小腿處理得像沒受過傷一樣，甚至比原本的狀態更好。在火光和暖意的懷抱中，身子終於變得暖和乾爽。他們把疲倦的雙腿高高抬起，伸在前方，傾聽後方桌子傳來杯盤碗碟碰撞的聲響，那叮鈴噹啷的聲音讓人浮想聯翩。這兩隻飽受風雪摧殘的動物，現在已經安全入港。剛才那座寒冷荒涼、無路可走的野森林，彷彿已經遠在天邊，而他們在那裡遭受的所有苦難，宛如一場記不清的夢。

等到他們全身烤得暖融融，獾便招呼他們來餐桌用餐。早些時候，他就在那裡忙著準備食物，這會兒一切就緒，他們也已經餓昏了頭。可是一看到晚餐真的擺在眼前，兩隻動物卻不知從何下手，因為每一道看起來都那麼可口，先吃這一道，不知道其他道會不會願意等他們，恭候他倆有時間再來品嘗。好一段時間，他們都無暇顧及聊天。等到話匣子慢慢打開，卻又因為口中塞滿食物，說起話來讓人有聽沒有懂。不過獾對這種事一點也不介意，也不在乎他們把手肘放在桌上，或是大家同時開口說話。他沒有參與社交圈，自然認為這些舉動無傷大雅。（當然，我們知道這種看法是錯的，獾的觀點太狹隘。這些舉止確實不容輕忽，但要解釋個中道理的話，就太花時間了。）他坐在餐桌主位的扶手椅上，聽兩隻動物述說他們的遭遇，偶爾嚴肅地點點頭。不論聽到什麼，他看起來都不覺得意外或驚訝，也不曾把「早就跟你說了」或者「就跟我每次講的一樣」掛在嘴邊，也不會告訴他們應該這樣或那樣做，或者什麼不該做。鼴鼠漸漸對他產生深厚的好感。

晚餐終於結束後，每隻動物都覺得肚子鼓鼓的，但又不至於飽到不舒服。這會兒他們毫無心思去管任何人事物，只是圍坐在熊熊柴火燃燒後的赤紅餘火旁邊，想著熬夜到這麼晚、這麼無拘無束，又吃得這麼飽，真是愉快愜意。東聊西聊一會兒後，獾親切地問：「好啦！快跟我說說你們那邊的消息。蛤蟆老弟最近怎麼樣？」

「唉，越來越糟了。」河鼠一臉凝重說。鼴鼠原本坐在高背椅上，雙腳翹得比頭還高，沐浴在壁爐的火光下，這時聽到河鼠這麼說，臉上跟著擺出難過的表情。「上個星期才又出一次車禍，撞得很嚴重。跟你說，他老是堅持要自己開車，偏偏他技術爛到無藥可救。要是他願意聘一個正經、穩重又訓練有素的動物，給他優渥的待遇，把所有事都交給他，就不會有什麼大礙。但他就是不要，深信自己是天生的開車高手，無師自通，不用別人教，結果問題就接二連三發生。」

「有多少？」獾沉著臉問。

「你是問有多少次車禍，還是有多少輛車？」河鼠問。「唉，算了，反正對蛤蟆來說都一樣。這是第七輛了。至於其他輛呢，你知道他那間馬車房嗎？唉，那裡堆滿了汽車殘骸，堆得簡直跟屋頂一樣高，而且所有殘骸都碎得比你帽子還小。這就說明了另外六輛車的下場，至少目前能解釋的就這麼多。」

「他已經進醫院三次了，」鼴鼠插嘴說。「至於他得交的罰款，光用想的就夠嚇人了。」

「沒錯，這就是其中一個麻煩的地方。」河鼠接著說。「蛤蟆很有錢，這我們都知道，但他不是百萬富翁。再說了，他的開車技術糟糕透頂，還完全不把法律和交通秩序放在眼裡。要麼被撞死，要麼破產，這兩件事遲早會有一件成真。獾啊，我們畢竟是他朋友，難道就不該做點什麼嗎？」

獾苦思片刻。「聽我說，」過了一會兒他終於開口，語氣十分嚴肅。「想必你們也知道，我現在什麼也做不了，對吧？」

兩位朋友表示同意，非常理解他的意思。根據動物禮儀的規矩，在活力下降的冬季，絕對不可以指望任何動物去做耗費精力或展現英勇精神的事，連適度活動也不可以。所有動物都昏昏欲睡，有些是真的睡著了。大家或多或少都受到天氣影響，從天亮到天黑都在休息。無論是白天還是黑夜，每一刻都令人精疲力竭，身上每一塊肌肉都飽受嚴苛考驗，每一分精力都被消耗殆盡。

「那就好！」獾繼續說。「不過，等到季節真正轉變，夜晚越來越短，半夜醒來時覺得心頭躁動，渴望天一亮，甚至天還沒亮，就起床活動——你們懂的！」

兩隻動物鄭重點點頭，他們清楚得很！

「嗯，到那時候，」獾接下去說，「我們呢，也就是你、我和我們的朋友鼴鼠，就要來認真管管蛤蟆，絕不容許他胡亂鬧事。我們要讓他恢復理智，必要的話就來硬的，一定要讓他變成一隻懂事的蛤蟆，一定要——你睡著啦，河鼠！」

「我沒有！」河鼠猛然一抖說。

「吃完晚餐後，他已經打兩三次瞌睡了。」鼴鼠哈哈大笑。他覺得自己相當清醒，甚至很有精神，但原因他也說不上來。其實，這當然是因為他生來就是在地底長大的動物，而獾家的環境對他來說再適合不過，感覺就像回到自己家，非常自在。至於河鼠呢，他每天晚上在臥室睡覺的時候，窗戶都對著微風輕拂的河流，自然覺得這裡的空氣沉悶壓抑。

「好了，差不多該上床睡覺了。」獾一邊說，一邊起身端起燭臺。「跟我來，你們兩個，帶你們去房間。明天早上慢慢來就好，想什麼時候吃早餐都可以。」

他領著兩隻動物進到一間長型房間，房內一半像臥室，一半像儲藏室。獾囤積的過冬備品確實隨處可見，大半個房間都被占去。那裡有一堆堆蘋果、蕪菁、馬鈴薯，一籃籃堅果，一罐罐蜂蜜。儘管如此，房內剩下的空間擺放的兩張潔白小床，看起來好柔軟，讓人忍不住想躺上去。床上的亞麻布雖然粗糙，但很乾淨，散發著一股宜人的薰衣草香。鼴鼠和河鼠用不到三十秒，就脫掉衣服鑽進被窩，臉上洋溢開心和滿足的表情。

第二天早上，兩隻疲倦的動物按照貼心的獾囑咐的話，睡到很晚才來吃早餐。踏入廚房時，只見壁爐燒得很旺，兩隻小刺蝟坐在餐桌旁的長凳上，用木碗吃燕麥粥。小刺蝟一看到他們進來，便放下湯匙站起來，畢恭畢敬鞠躬行禮。

「好了，快坐，快坐，」河鼠愉快地說。「繼續吃你們的粥。你們兩個小朋友打哪來的？我猜你們在雪地裡迷路了，是吧？」

「是的，先生。」年紀大一點的小刺蝟回答，態度很有禮貌。「我跟小比利本來是在找上學的路。先生，哪怕天氣糟糕透頂，媽媽還是要我們去上學，想當然就迷路了。比利年紀小，膽子也小，嚇得一下子就哭了起來。後來我們誤打誤撞走到獾先生家的後門，就鼓起勇氣冒昧敲了敲。先生，我們敢這麼做，是因為大家都知道獾先生心腸很好。」

「我瞭解。」河鼠說，同時從火腿邊上切下幾片肉，鼴鼠則往平底鍋打了幾顆雞蛋。「外面天氣怎麼樣？你不用一直先生、先生地叫我。」他補充說。

「噢，壞到不行，先生，雪深得不得了。」小刺蝟說。「像你們兩位這樣的長輩，今天可不能出去。」

「獾先生人呢？」鼴鼠在壁爐前熱咖啡壺時提出疑問。

「老爺到書房去了，先生。」小刺蝟回答。「他說他今天早上非常忙，絕對不能打擾他。」

對於這個說法，在場每隻動物自然完全明白。就像前面說的，倘若一年有六個月都過著緊湊的生活，其餘六個月則處在相對睏倦或真的嗜睡的狀態，那麼在後面這六個月裡，要是有誰找上門或有事要處理，總不可能一再拿想睡覺當藉口，這個說詞聽久了也會讓人厭煩。四隻動物都很清楚，獾吃完豐盛的早餐後，已經回到書房，坐在一張扶手椅上，雙腳搭在另一張椅子，臉上蓋著一條紅色棉手帕，按照慣例「忙著」他每年這個時節要忙的事。

這時前門門鈴響了起來，鈴聲十分響亮。河鼠正在享用奶油吐司，嘴巴跟爪子都油膩膩的，所以派了年幼的小刺蝟比利去應門，看看是誰來了。門廳傳來一陣重重的腳步聲，不久後比利帶著水獺回來。水獺直接撲向河鼠，一把把他抱住，熱情地大聲問好。

「快放開！」河鼠滿嘴食物，說話含糊不清。

「我就知道你人好端端的在這裡。」水獺興高采烈地說。「我今天早上去河岸，那裡的居民都非常慌張。他們說，河鼠整晚不在家，鼴鼠也是，一定發生了什麼可怕的事，偏偏大雪把你們的腳印全蓋住了，這點可想而知。不過我很清楚，大家遇到困難，十之八九會去找獾，要不就是獾冥冥之中會知道些消息，所以我穿過野森林，走過雪地，直接來這裡。哇，那感覺太爽快了！經過雪地的時候，火紅的太陽正慢慢升起，照在烏黑的樹幹上。森林靜悄悄的，走在裡頭，時不時聽到一大團積雪忽然從樹枝上嘩啦一聲掉下來，嚇得我跳了起來，趕緊跑去找掩護。經過這一晚，不知從哪裡冒出這一堆雪堡、雪洞，還有雪橋、雪梯、雪牆，真想停下來玩上幾小時。左看右看，粗樹枝都被沉甸甸的積雪折斷，停在上面的知更鳥活蹦亂跳，一副樹枝是他們折斷似的，非常神氣。一行排列凌亂的野雁飛過頭頂，高高翱翔在灰暗的天空。幾隻禿鼻鴉在樹上盤旋，四下巡察之後，又一臉嫌惡拍拍翅膀回家。一路上碰到這些動物，就是沒有給我遇到可以打聽消息的明理人。路程大概走到一半的時候，我看到一隻兔子坐在樹樁上，正在用手洗他那張傻呼呼的臉。我躡手躡腳走到他後面，伸出一隻前爪重重放到他肩上，他嚇得魂飛魄散，害我不得不巴他的頭一兩下，才有辦法問出個所以然。後來好不容易從他口中打探到消息，得知他們當中有隻兔子昨天晚上在野森林看到鼴鼠。他說，地洞裡的兔子都在談論河鼠先生的至交鼴鼠碰到天大的麻煩，說他是怎麼迷了路，而『他們』那幫動物又跑出來追他，把他耍得團團轉。『那你們幹麼不幫他？』我問那隻兔子。『也許你們沒有腦子，但你們人多勢眾，個個都是粗壯的大塊頭，胖得跟奶油一樣。何況你們的地洞四通八達，大可收留他，讓他安全舒適待在裡頭。不管怎樣，好歹也試一下吧。』『蛤？我們？』他只這麼回我，『幫他？我們這群兔子？』所以呢，我又巴了他的頭，然後直接走掉。這下子實在無計可施了。但不管怎麼說，起碼我打聽到一些消息。如果我運氣夠好，能碰到他們那幫動物，也許就能打聽到更多，不然我就給他們好看。」

「難道你一點都不，呃，都不緊張嗎？」鼴鼠問。一提到野森林，昨天經歷的恐懼多少又浮上心頭。

「緊張？」水獺笑得合不攏嘴，露出一口強健的白牙。「他們誰敢招惹我，皮就最好給我繃緊一點。嘿，鼴鼠，好心的小兄弟，幫我煎幾片火腿。我肚子快餓扁了，還有好多話要跟河鼠兄聊，太久沒見到他了。」

於是好心的鼴鼠切了幾片火腿，吩咐兩隻小刺蝟去煎，自己則回到座位吃早餐。水獺和河鼠湊在一起，興致勃勃大聊特聊河上的大小事，話匣子一開就停不下來，好似川流不息的潺潺流水。

他們剛吃完一盤火腿，準備再添一些的時候，獾打著哈欠，揉著眼睛，走進廚房，平平靜靜地跟大家打招呼，簡單問候每一隻動物。「想必快到午餐時間了。」他對水獺說。「留下來跟我們一起吃吧。早上這麼冷，你一定餓了。」

「快餓昏了！」水獺對鼴鼠擠了擠眼。「看到這些貪吃的小刺蝟，吃下一肚子的煎火腿，我就餓得頭昏眼花。」

兩隻小刺蝟吃完粥後便忙著煎火腿，這會兒又開始覺得肚子餓了。他們怯生生地抬頭看獾先生，害羞得開不了口。

「嘿，你們兩個小朋友，快回家找媽媽。」獾仁慈地說。「我會派人給你們帶路。我敢說，你們今天一定吃不下正餐了。」

他各給他們一枚六便士，拍了拍他們的小腦袋。兩隻小動物畢恭畢敬揮揮帽子，輕碰一下前額的毛髮以示尊敬，然後告辭離開。

過了一會兒，大家坐下來吃午餐。鼴鼠發覺自己坐在獾旁邊，而另外兩隻動物還在講河上的八卦，聊得非常投入，完全不受旁人打擾。於是鼴鼠抓住機會告訴獾，他在這裡多麼舒適自在，就像在自己家。「一進到地下，」鼴鼠說。「心裡就很踏實。不會出任何事，也不會有麻煩事找上門。什麼都能自己作主，不用向人討教，也不必管別人說什麼。頭頂上的世界照常過他們的，只管隨他們去，不用理他們在幹麼。想上去就上去，你要的東西隨時都在那裡等你。」

獾只是對他微微一笑。「和我的想法一模一樣。」獾回他說。「除了地下，其他地方都不安全，也不平和寧靜。還有啊，要是哪天野心變大、想擴建房子，只消挖一挖、刨一刨，就搞定了。要是覺得房子有點太大，也只消堵上一兩個洞，問題就解決了。沒有建築工人，沒有工匠，沒有從牆外張望的路人對你說三道四，最重要的是，沒有陰晴不定的天氣。你看河鼠，洪水不過上升幾呎，他就不得不搬出去，另外租房子住，住起來不舒服，地點又不方便，租金還貴得嚇死人。再看看蛤蟆，我對蛤蟆莊園沒有意見，單就房子來看，稱得上是這一帶數一數二好的。但萬一發生火災，蛤蟆能去哪兒？萬一屋瓦被大風刮走，或是牆壁塌了、裂了，或者窗戶破了，蛤蟆能去哪兒？萬一房間有冷風吹進來（我個人很討厭房間灌冷風），蛤蟆能去哪兒？唉，上去地面，到戶外四處晃晃、謀謀生計，是還不錯，但終究要回到地下。這就是我對家的看法。」

鼴鼠真心誠意表示贊同，獾也因此對他非常親切。「吃完午餐，」他說。「我帶你四處參觀一下寒舍。我想你一定會喜歡。你是內行人，知道住家該裝修成什麼樣子，我相信你。」

就這樣，午餐過後，另外兩隻動物坐到壁爐旁，繞著鰻魚的話題激烈辯論，獾則點亮一盞提燈，示意鼴鼠跟他走。他們穿過門廳，走進一條主要廊道。提燈的光線搖曳不定，朦朦朧朧映照出走廊兩側大大小小的房間，有的小到只有壁櫥大小，有的大到幾乎跟蛤蟆家的宴會廳一樣寬敞氣派。經過一條狹窄的直角通道，他們進入另一條走廊，這裡的格局跟剛剛一樣。獾家的規模和面積之大，走廊縱橫交錯，昏暗的長廊不斷延伸，儲藏室上方的拱頂看起來堅固無比，室內堆滿了各種東西，隨處可見磚頭蓋的柱子、拱門、走道，這幅景象讓鼴鼠驚訝得說不出話。「獾，」鼴鼠終於開口。「你到底哪來的時間和精力蓋這些？太不可思議了！」

「如果這些真的是我蓋的，」獾直白地說。「確實很不可思議，但實際上我什麼也沒做，不過是把需要用到的通道和房間清理乾淨而已。那樣的空間可多了，四面八方都有。我看你有聽沒有懂，不跟你解釋一下不行。是這樣的，很久以前，就在今天野森林隨風搖曳的這個地方，當時森林還沒生根發芽，生長成現在茂盛繁密的模樣，那時候，這裡有一座城市——就是呢，人類居住的城市。我們現在站的這個位置，就是他們生活、走路、聊天、睡覺、忙他們生意的地方。

他們也在這裡養馬、設宴席，從這裡騎馬出去打仗，或者駕馬車出門經商。他們是很強大的族群，又有錢又擅長施工建設，而且施工的目標就是要讓建築物能屹立不搖，因為他們當初認為這座城市會永遠存在。」

「但他們後來怎麼樣了？」鼴鼠問。

「誰知道呢？」獾說。「人類來到一個地方，停留一段時間，蓬勃發展，東蓋西蓋，然後就走了。這就是他們的習性，而我們始終守在原地。聽說，早在那座城市興起之前，就有獾住在這裡，現在獾又回來了。我們是很有毅力的族群。也許我們會搬走一陣子，但我們很有耐心，等時機成熟，就又搬回來。這是永遠不變的定律。」

「那麼，等到那些人類終於走了以後呢？」鼴鼠問。

「他們走了以後，」獾繼續說。「狂風一個勁地吹，大雨下個不停，風雨耐心接管這片土地，一年又一年反覆循環。說不定我們這些獾也盡了微薄之力，幫上一點小忙，這誰也說不準。這裡一整片逐漸往下塌、塌、塌，最後變成廢墟，夷為平地，消失不見。接著又逐漸往上長、長、長，種子長成樹苗，樹苗長成森林大樹，黑莓灌木和蕨類植物也匍匐進來幫忙。腐葉土壤往上堆積，蓋過原先的地貌。冬天漲起的溪水挾帶泥沙，堵住渠道，淤積在地上。隨著時間一點一點過去，我們的家園準備就緒，再次迎接我們的到來，然後我們就搬進來了。在我們上方，也就是地面上，同樣的景象也在上演。許多動物來到這裡，喜歡這個地方的樣貌，選好各自的領地後，就定居下來，開始向外擴張，蓬勃發展。他們不曾費心探究過去，想也沒想過，因為生活實在太忙。這裡的地勢有點起伏不平，小山丘連綿不斷，自然而然形成很多洞穴，不過這倒是優點。他們也不曾費心思考未來，不曾想過人類將來可能會再次遷入這裡，住上一段時間，這個可能性確實很大。現在住在野森林的動物非常多，就跟一般所想的森林一樣，居民有好有壞，也有不好不壞的，我就不一一點名了。世界本來就是由形形色色的動物打造而成。不過我想，事到如今你對這裡的居民也有一些親身瞭解了。」

「的確是這樣。」鼴鼠說，身子微微打了個冷顫。

「沒事，沒事，」獾拍拍他的肩膀說。「你也知道，這是你第一次遇到他們。他們其實沒那麼壞。大家都得過好自己的生活，也要讓別人過好他們的。不過，我明天還是會傳個話。我想你以後不會再遇到麻煩了。在這一帶，只要是我朋友，就可以隨心所欲走在路上。誰敢來找麻煩，就得給我一個交代！」

回到廚房後，他們發現河鼠焦躁不安地來回踱步。地下的空氣壓得他喘不過氣，讓他心煩意亂。河鼠似乎真的很擔心，如果他不在岸邊照看河水，那條河就會溜走，所以他已經穿上外套，把手槍插回腰帶。「走吧，鼴鼠。」一看到兩隻動物的身影，他就焦急地說。「我們得趁天還亮的時候趕緊動身。我可不想又在野森林過夜。」

「沒事啦，好兄弟。」水獺說。「我跟你們一塊兒走，這裡每一條路我都很熟，蒙眼也認得出來。要是有哪個傢伙很欠扁，你們大可放心讓我去揍他。」

「真的不用擔心，河鼠老弟。」獾沉著地說。「我的通道連接的地方比你想的還遠，通往森林邊界的地道就有好幾條，方向都不一樣，只是我不想讓別人知道而已。你真的要走的時候，可以走其中一條捷徑離開。現在先放輕鬆，再坐一下吧。」

儘管如此，河鼠還是急著想離開，回去照料他的河流，於是獾拎起提燈，帶他們穿過一條又溼又悶的地道。這條地道彎彎曲曲，坡度逐漸下降，有些地方有拱頂，有些則在堅硬的岩石中鑿通。走了很長一段路，感覺有好幾哩長，走到腳都瘆了，才終於看到出口的光線。日光穿過纏繞在出口的植物，投下模模糊糊的光影。獾匆匆向他們道別，急忙把他們推出去，然後用藤蔓、樹枝、枯葉遮掩出口，盡可能恢復成自然的原貌，隨即轉身往回走。

他們發現自己剛好站在野森林的邊界上，身後的岩石、多刺灌木、樹根，雜亂無章地堆疊纏繞。放眼望去，一大片靜謐的田野映入眼簾，一排排黑壓壓的樹籬把田野圍了起來，與白茫茫的雪地形成對比。再看過去，遠方那條熟悉的老河閃耀著光輝，地平線上低低掛著火紅的冬陽。熟悉所有小路的水獺負責帶隊，他們筆直前進，走向遠處用來翻越田野的臺階。他們在那裡停了一會兒，回頭一望，只見那一大座野森林濃密擁擠，險惡多端，緊密結實，陰森森地坐落在廣闊的白色大地之中。他們同時轉過身，加緊腳步回家，奔向家中爐火火光的懷抱，回到火光照耀下的熟悉事物，聆聽窗外歡快的潺潺水聲。雖然那條河也有喜怒哀樂，但他們瞭解它、信任它，而河流也不曾做出什麼嚇人的舉動讓他們害怕。

鼴鼠匆忙趕路，心心念念盼望回到自己熟悉和喜愛的家園。此時此刻，他清楚意識到自己是屬於耕地和樹籬的動物。犁過的田溝、常去的牧場、傍晚流連的小路、細心栽種的花園，這些地方都與他緊緊相連。至於在狂野的大自然中，那些本來就存在的嚴酷環境，需要堅忍毅力去應對的挑戰，或者實際發生的衝突，就留給其他動物面對。他必須放聰明點，好好守在畫好的界線之內，待在他的良田美池之中，那裡自有夠他消磨一輩子的冒險。

5 重返溫馨的家

河鼠和鼴鼠談笑風生，興致高昂地從羊圈旁邊快步走過。羊圈裡的羊一看到他們，便成群奔向柵欄，互相擠來擠去，一隻隻跺著纖細的前腳，把頭向後仰起，從細長的鼻孔噴出鼻息。一縷淡淡的白煙從腳挨著腳的羊群間緩緩升騰，飄入寒冷的空氣中。兩隻動物和水獺玩了一整天，現在正要穿越田野回家。這一天，他們在開闊的高地上打獵探險。有幾條匯入他們那條河的小溪，就是從這附近發源。冬天的白天很短，此時夜幕漸漸落下，而他們離家還有好一段路。兩隻動物原本漫無目的在耕地中緩慢行走，後來走著走著，聽到羊群的聲音，便朝羊的方向前進。他們發現羊圈那裡延伸出一條踩出來的小徑。那條小徑走起來不只比較輕鬆，還回應了所有動物心中都有的小小直覺性探問。小徑它以十足的把握表明：「對，一點也沒錯，這就是回家的路！」

「看起來，我們好像是往村莊的方向走。」鼴鼠放慢腳步，語氣有點遲疑。

這條小徑走著走著變成一條小路，後來變成一條鄉間小道，現在又引領他們走上一條鋪得很平整的碎石路。河鼠和鼴鼠不喜歡村莊，他們平時走的公路雖然有很多動物來來去去，但沒有經過教堂、郵局或酒館，是一條獨立出來的路。

「是喔，沒關係啦！」河鼠說。「反正每年到了這個時節，村裡的人統統躲在家裡，圍在火爐旁邊，男的女的、大人小孩、小貓小狗之類的都是這樣。我們一定可以悄悄穿過那裡，不會有任何麻煩或不開心的事發生。高興的話，還可以隔著窗戶瞧他們幾眼，看他們在做什麼。」

天空飄下冬天第一場細雪，他們輕輕踩在薄薄的雪上，走進了小村莊。十二月中旬的天很快就黑了，這會兒夜幕已經籠罩整座村子。除了街道兩旁那些曖曖不明的橘紅色方塊，幾乎什麼都看不見。每間小屋的火光或燈光，透過一扇扇方形窗戶，流瀉到外面漆黑的世界。那些低矮的格子窗，大多沒有裝上窗簾，外頭的人往裡面一瞥，就可以看到屋裡有的人圍在茶桌旁，有的專心做手工，有的比手畫腳、有說有笑，人人散發一種幸福的雍容神韻。這種神韻對演技高超的演員來說，是最難精準表現的，因為那是在毫無察覺別人在觀察自己的情況下，展現出來的自然神采。兩名離家還很遠的觀眾隨著自己的興致，從一家劇院走到另一家。他們看見小貓給人輕輕撫摸，快睡著的小孩被抱起來後縮成一團，安放到床鋪上，還有疲倦的男子伸了伸懶腰，把菸斗裡的菸灰敲落在冒煙的木柴尾端，這些畫面令他們眼中流露某種渴望的神色。

然而，就是有那麼一扇拉下窗簾的小窗戶，明明在黑夜裡只是一塊什麼都看不到的透明玻璃，卻散發著家的感覺。窗簾隔出牆內的小小天地，把大自然拒於門外，忘掉外頭那片令人緊張的廣大世界。正是想到這些，才最叫人胸口陣陣悸動。靠近白色窗簾後方，懸掛著一座鳥籠，籠子的輪廓清楚映在簾子上，每條鐵絲、每根棲木、每個小配件，甚至那塊邊角被吃掉的方糖都清晰可辨。住在裡頭的小傢伙毛茸茸的，站在籠子中央的棲木上，把頭緊緊埋進羽毛。那身影在他們眼裡彷彿近在咫尺，好像只要伸出手就能輕易摸到。連他那身蓬鬆的羽毛，那細柔的羽翼尖端，在光線照射之下，都根根分明描繪在簾幕上。就在他們盯著看的時候，那隻昏昏欲睡的小傢伙不安地動了一下，從瞌睡中醒來，抖了抖身子，把頭抬起，張開小巧的喙，百無聊賴地打了個哈欠。他們看見小嘴張開時的空隙，接著那身影轉了轉頭四下瞧瞧，又把頭埋進背裡，而那亂蓬蓬的羽毛也逐漸收攏，最後完全靜止。這時，一陣刺骨的寒風吹過他們脖子後面，冰霰微微刺痛皮膚。他們就像從夢中驚醒，頓時覺得腳趾冰冷，雙腿痠脹，而他們還要咬牙走好長一段路，才能回到自己家。

出了村子，小屋忽然從視野消失。他們的鼻子再次穿過黑暗，從道路兩旁嗅到親切的田野氣息。兩隻動物打起精神，踏上最後一段漫漫長路。那是回家的路，是我們明白遲早一定會結束的路，在終點迎接的將是門閂哐啷一聲打開，火光瞬間映入眼眸，熟悉的事物像歡迎闊別的遠方遊子那樣噓寒問暖。雖然走起路來很吃力，但他們穩步向前，一句話也沒說，只是各想各的事。鼴鼠一心想著晚餐，因為天色烏漆墨黑，加上對他來說，這個全然陌生的地方又超出他的認知範圍，所以他只能乖乖跟在河鼠後頭，完全交由河鼠帶路。至於河鼠，他按照習慣，走在前方不遠處，聳著雙肩，緊盯前面那條筆直的灰色道路。正因為這樣，在那聲聲呼喚像電擊般猛然觸動鼴鼠時，河鼠才沒有注意到可憐的鼴鼠發生了什麼事。

我們人類，早已失去更微妙的生理感官，甚至找不到恰當的詞彙來表達動物如何與周遭交流，不管是有生命還是無生命的環境。比方說，我們只用「嗅」一個字，來概括動物鼻子內日日夜夜所有不同的細微顫動，明明那顫動伴隨微弱的哼哼聲，代表著召喚、警告、刺激、排斥等眾多訊號。黑夜裡，正是其中一種精靈般的神祕呼喚從虛空中傳來，突然觸及了鼴鼠。那熟悉的呼聲令他渾身刺痛，但他仍然無法清楚記起那代表什麼。他忽然停下腳步，左嗅嗅，右嗅嗅，努力重新捕捉那纖細如絲、像電報的電流般強烈觸動他的訊號。霎時間，他又捕捉到了，而這一回伴隨而來的，是洪水般湧入腦海的回憶。

家！就是這個意思，那些溫柔輕撫他的呼喚，那些從空中飄來的輕柔觸碰，那些看不見的小手，一個勁地拉呀拽呀，全都朝同一個方向。啊，此時此刻，他的老家一定離他很近。打從初次發現河流那天，他便匆匆丟下老家，一次也沒回去過。這會兒老家派出偵查兵和信使來把他抓回去。在那陽光明媚的早上逃出家門後，他便一心沉浸在嶄新的生活之中，徜徉在新生活帶來的快樂、驚喜、新鮮和引人入勝的體驗，幾乎快忘掉老家的存在。如今回憶點點滴滴湧上心頭，往事在黑暗中歷歷在目。沒錯，他家是很簡陋，又小又沒什麼家具，但那是他親手打造的家，是他工作一天後滿心歡喜回到的家。這個家，顯然也跟他相處得很愉快，對他滿腔思念，希望他回來，眼下正透過他的鼻子，以帶著悲傷和責備的口吻向他傾訴，但沒有一絲怨恨或憤怒，只是哀哀悽悽地提醒他，家就在那裡，盼著他回去。

那呼聲清清楚楚，那召喚明明白白。他必須立刻服從，動身回去。「河鼠兄！」他興致高昂地大喊。「等一下！回來！我需要你，快點！」

「唉，快跟上來！鼴鼠，快來！」河鼠好聲好氣地回應，繼續埋頭努力往前走去。

「求求你停下，河鼠兄。」可憐的鼴鼠苦苦哀求，心裡痛如刀割。「你不明白，那是我家，我的老家！我剛剛聞到它的氣味，就在附近，真的很近。我一定要回去，絕對、絕對要回去！走回來吧，河鼠兄！拜託你，求求你回來！」

這時河鼠已經遙遙走在前頭，遠到聽不清楚鼴鼠在喊什麼，遠到沒注意他聲音裡那刺耳的痛苦哀求。況且，他的思緒幾乎都放在天氣上，因為他也聞到了某種氣味——疑似要變天下雪的氣味。

「鼴鼠，我們現在不能停下來，真的不能！」他大喊回去。「不管你找到什麼，我們明天再來看。我可不敢現在停下來，時間已經很晚了，馬上又要下雪，加上我對路又不太熟。我需要你的鼻子，鼴鼠，快跟上來吧，兄弟！」河鼠不等他回應就繼續趕路。

可憐的鼴鼠孤零零站在路上，心碎了一地。他知道，在內心深處某個地方，一陣劇烈的嗚咽不斷積聚再積聚，馬上就要疾湧而上，從喉嚨猛烈奪出。然而，即便面對這樣的考驗，他對朋友的忠誠依舊堅定不移，一刻也沒想過要背棄朋友。可是同一時間，從他老家飄來的氣味，仍然在對他哀求、低訴，施展咒語召喚他，最後是蠻橫地命令他回去。他不敢繼續留在這一圈魔法陣中，只好咬牙一把扯斷那一根根心弦，別過頭去，注視著路面，乖乖跟著河鼠的足跡走。而那若有似無的稀薄氣味，依然緊緊跟著他漸行漸遠的鼻子，責備他交上新朋友，就無情無義忘了老朋友。

鼴鼠費了好大力氣才追上河鼠，結果毫不知情的河鼠只是一味興致勃勃地跟他聊這聊那，說他們回去以後要做些什麼，在客廳生一爐火又有多美好，還說他打算吃一頓多棒的晚餐，從頭到尾完全沒有察覺身邊沉默不語的同伴心裡有多煎熬。等他們又走了好長一段路，經過路旁一片小灌木叢邊緣的樹樁時，河鼠才停下來關心他說：「嘿，鼴鼠兄，你好像累得要命，一路上都沒有作聲，走起路來像是拖著鉛塊。在這裡坐著休息一會兒吧。幸好到現在都沒下雪，路程也已經走了一大半。」

鼴鼠孤苦伶仃坐到樹樁上，努力控制自己的情緒，因為他很確定眼淚就快潰堤了。他與啜泣的衝動搏鬥了那麼久，對手竟然還不願屈服，硬是往上翻騰再翻騰，強行要衝到外頭，一波一波又一波，來勢洶湧又急切。最後，可憐的鼴鼠放棄掙扎，絕望地拋開一切嚎啕大哭。他很清楚，全部都結束了，他失去了幾乎就要找到的東西。

看到鼴鼠悲傷的情緒突然爆發，河鼠嚇了一大跳，同時也覺得很沮喪，好一會兒不敢出聲。過了一陣子，他才以十分平靜且充滿憐憫的語氣說：「怎麼了，兄弟？到底出了什麼事？把煩惱說出來，我來想想怎麼幫你。」

可憐的鼴鼠感覺自己的胸口起伏急促，一陣接著一陣，很難把話說出來。他說話抽抽噎噎，話剛要說出口，又馬上噎在喉嚨。「我知道那是……又破又髒的小屋，」他一邊啜泣，一邊斷斷續續說。「不像……你的住處那麼溫馨……不像蛤蟆的莊園那麼漂亮……也不像獾的房子那麼寬敞……但那就是我自己小小的家……我很喜歡……我離開之後，就把它忘得一乾二淨……然後我忽然聞到它的氣味……就在路上，我大聲叫你，你都不理我，河鼠……過去的種種一下子湧入腦海……我好想要它！……噢，天啊，天啊！……你就是不回頭，河鼠兄……我逼不得已只好把它拋下，就算我一路上都能聞到它的氣味，也只能這麼做……我的心都要碎了……我們本來可以走過去看一眼，河鼠兄……看一眼就好……就在附近而已……但你就是不肯回頭，河鼠兄，你就是頭也不回一直走！噢，天啊，天啊！」

回憶剛剛經歷的一切，悲傷又一陣陣襲來，他再次泣不成聲，沒辦法繼續說下去。

河鼠直直盯著前方，一言不發，只是輕輕拍著鼴鼠的肩膀。過了一會兒，他愁眉苦臉地喃喃說道：「這下我全明白了，我真是豬頭！大豬頭就是在說我！根本是頭大蠢豬，徹頭徹尾的蠢豬！」

等到鼴鼠的啜泣聲漸漸沒有那麼激烈，慢慢開始有些規律，到最後變成反覆吸鼻子，中間只有幾聲啜泣，河鼠才站起來，輕描淡寫地說：「好啦，現在我們真的該上路了，兄弟！」然後走回剛剛費盡千辛萬苦才跋涉過的路。

「你到底（嗝）要去哪裡（嗝），河鼠兄？」鼴鼠慌張地抬起頭，含著眼淚大喊。

「去找你家啊，兄弟。」河鼠和顏悅色地說。「你還是快跟上來吧。你家找起來要費點工夫，需要借借你的鼻子。」

「唉，快回來，河鼠兄，回來！」鼴鼠邊喊邊站起來，匆匆追上去。「沒用的，我說了沒用！太遲了，天色也太黑了，那地方又遠到不行，而且馬上就要下雪了。還有，就是說，我從來沒有打算讓你知道，我對我家有這樣的情感。一切就是個意外，只是出了差錯而已！想想河岸，想想你的晚餐啊！」

「管他什麼河岸，什麼晚餐！」河鼠情真意切地說。「我跟你講，我現在就是要找出這個地方，哪怕在外面找一整晚，我也甘願。所以兄弟，振作起來吧。挽住我的手，很快就會回到那裡的。」

還在吸鼻子的鼴鼠沿路不停哀求，心不甘情不願地給他那強硬的同伴拉著往回走。河鼠滔滔不絕說著趣聞軼事，使出渾身解數幫鼴鼠打起精神，讓累人的路程感覺上短一些。走著走著，河鼠覺得他們總算走到鼴鼠剛剛「被拖住」的那段路附近。他說：「好了，不聊了，做正事！用你的鼻子嗅嗅，全神貫注去嗅。」

他們默默往前走了一小段路。忽然間，河鼠從他跟鼴鼠互相挽著的手臂，感覺到一股微弱的電流在鼴鼠體內往下流竄。他馬上把手抽了出來，向後退一步，集中精神等待。

訊號傳來了！

鼴鼠定定站了一會兒，翹得高高的鼻子微微抽動，嗅著空氣。

然後他往前快跑幾步，不對，停下確認，再試一次。接著他放慢腳步，沉穩而自信地往前走。

河鼠非常興奮，緊緊跟在鼴鼠後面。鼴鼠就像夢遊一樣，走在微弱的星光下，跨越一條乾涸的溝渠，鑽過一道樹籬，靠著鼻子帶路，來到一片光禿禿又沒有開闢道路的空曠田野上。

突然間，鼴鼠毫無預警直接往地下鑽，幸好河鼠機警，馬上跟著他鑽下去，進入鼴鼠靈敏的鼻子如實指引的地道中。

地道又悶又窄，充滿濃烈的泥土氣味。河鼠覺得走了很久很久，才終於看到盡頭，接著才可以挺直腰背，舒展四肢，抖抖身子。鼴鼠劃亮一根火柴，藉著火光，河鼠看到他們站在一塊空地上。這地方掃得乾乾淨淨，地面上鋪著沙子。正對他們的是鼴鼠家小巧的前門，門邊的門鈴拉索上方用華麗的粗體字漆著「**鼴鼠訖站**」幾個字。

鼴鼠取下一盞掛在牆上釘子的提燈，把燈點亮。河鼠環顧四周，發現他們站在像是前院的地方。門的一側擺著一張花園長椅，另一側放著整平地面的滾筒。會有滾筒是因為鼴鼠在家是隻愛乾淨的動物，無法忍受別人把他的地盤踢得坑坑疤疤，弄得到處都是小土堆。四周的牆上掛著鐵絲花籃，裡頭種著蕨類植物，花籃之間穿插放在托架上的石膏雕像，有義大利建國三傑之一的加里波底、年幼的希伯來先知撒母耳、英國維多利亞女王，以及其他近代義大利的英雄人物。前院一側延伸下去是玩九柱遊戲的球道[6]，球道兩側擺著長凳和小木桌，桌上有一圈圈印痕，隱約可以猜出是啤酒杯留下的痕跡。院子中間有一座圓形的小池塘，裡頭養著金魚。池塘邊鑲著一圈海扇殼，池子中央直立著一根奇特的柱子，上面嵌

6　九柱遊戲（skittles）的玩法是用木球擊倒九支球瓶，類似今保齡球。

著更多海扇殼，柱子頂端還有一顆銀色的巨大玻璃球，四面八方的東西映照在上面都變了形，製造出非常有趣的效果。

鼴鼠看到這些心愛的東西，馬上露出喜色，連忙催促河鼠趕緊進門。他在玄關點上一盞燈，環顧一下老家，眼見四處都積上厚厚的灰塵，長期無人居住的房子呈現一片死氣沉沉的淒涼景象，屋裡的空間狹小又簡陋，擺設的東西破舊不堪，讓他不禁頹坐在玄關的椅子上，兩隻爪子摀住鼻子。「唉，河鼠兄！」他懊惱地大喊。「我幹麼這麼做？幹麼偏要在這樣一個晚上把你帶到這個又破又冷的小屋？本來這時候你早該回到河岸，在燒得很旺的火爐旁烤烤腳，身邊圍繞著所有你喜歡的東西。」

河鼠不理會他哭喪著臉埋怨自己，只管忙著跑來跑去，把門一一打開，審視各個房間和櫥櫃，並把點亮的燈具和蠟燭擺到所有角落。「這間小屋棒透了！」他歡呼一聲。「多麼小巧，設計得多好啊！要什麼有什麼，所有東西都井然有序。今晚一定會很開心。首先我們要生一爐很旺的火，這個我來負責，找東西對我來說是小事一樁。這裡就是客廳嗎？太漂亮了！是你想到在牆壁挖洞，把那些小床鋪擺進去的嗎？太妙了！我現在就去拿木柴和煤炭，鼴鼠，你去拿撢子，在廚房桌子的抽屜裡可以找到一把，然後想辦法把每樣東西都撢乾淨一點。動起來吧，兄弟！」

在同伴的鼓舞下，鼴鼠打起精神站起來，拿出十足幹勁這裡撢撢，那裡擦擦。河鼠手裡抱著木柴和煤炭，來回跑了一趟又一趟。沒多久工夫，便生起一爐火光耀動的熊熊爐火，火焰直竄煙囪。他招招手讓鼴鼠過來取暖，可是鼴鼠突然又悶悶不樂起來，垂著頭喪著氣，一屁股坐到沙發上，把臉埋進撢子中。「河鼠，」他嗚嗚咽咽說。「你的晚餐怎麼辦？你又冷又餓又累，很可憐。我沒有吃的可以招待你，這裡空空如也，連麵包屑也沒有！」

「你這老兄竟然這麼容易認輸！」河鼠責備他。「對了，我剛才看到廚房碗櫃上有一把沙丁魚開罐器，看得清清楚楚；任誰看了都知道附近一定有沙丁魚罐頭。振作起來，把心情收拾好，跟我一起去找吃的。」

於是他們一起去找食物，翻遍每個櫥櫃，拉開每層抽屜，結果雖然不盡理想，但也沒到慘不忍睹的地步：一罐沙丁魚罐頭、一盒幾乎沒動過的壓縮餅乾、一條用錫箔紙包的德國香腸。

「這都夠辦一桌宴席了！」河鼠一邊說，一邊布置餐桌。「在我認識的動物裡，我敢說有些傢伙寧可不要耳朵，今晚也要跟我們一起共進晚餐。」

「沒有麵包！」鼴鼠愁眉苦臉呻吟說，「沒有奶油，沒有……」

「沒有鵝肝醬，沒有香檳！」河鼠幫他接下去，笑得露出牙齒。「這倒提醒了我，走廊盡頭那扇小門通往哪裡呢？當然是地窖啦！這房子最奢侈的東西統統在那裡，等著瞧吧！」

他往地窖的門走去，不一會兒又走出來，身上沾了些灰塵，兩隻爪子各握著一瓶啤酒，腋下也各夾一瓶。「看來你這傢伙過得很舒服呢，鼴鼠。」他說。「放開來盡情享受吧，這裡真的是我待過最愜意的小屋了。嘿，你那些複製畫是從哪裡挑來的？它們讓這裡看起來更溫馨了，我是說真的。鼴鼠，難怪你這麼喜歡這個家。快跟我分享你家的故事，一個也別漏，還有你是怎麼把家裡布置成現在這樣的。」

後來，在河鼠忙著拿刀叉碗盤，以及在蛋杯裡調芥末醬的時候，鼴鼠就開始分享故事。因為剛才的情緒太激動，這會兒他的胸口依舊起伏不定。起初分享時他還有點不好意思，但之後就越說越起勁，也越來越自在。他談起這是怎麼計畫出來的，而那又是經過哪番深思熟慮；這是怎麼從一位阿姨給的意外之財得來的，而那一等一的好東西又是怎麼被他意外發現，再以便宜的價格買到手；還有這件東西是怎麼辛苦存錢，加上「省吃儉用」到某個地步才買下。講到後來，他的精神總算完全恢復，非去摸摸他那些寶貝不可。他拎起提燈，向客人炫耀這些寶貝好在哪裡，一個一個詳細介紹，完全忘了他們現在急需飽餐一頓。河鼠雖然肚子餓扁了，還是拚命假裝沒這回事，一本正經點點頭，蹙著眉頭仔細瞧鼴鼠的寶貝。每次鼴鼠給他機會發表感想時，他就抓住空檔說一句「棒呆了」還有「真別緻」。

最後河鼠好不容易把他哄到餐桌前，剛要專心用開罐器打開沙丁魚罐時，前院傳來一陣聲響，聽起來像小腳丫在沙礫上踩來踩去的聲音，同時交雜著聽不清楚的竊竊私語，裡頭有幾句話斷斷續續傳到他們耳中：「好了，大家站成一排……把提燈舉高一點，湯米……先清清喉嚨……我數一、二、三之後，就不准再咳嗽……小比爾去哪了？……這邊，過來，快點，大家都在等……」

「怎麼回事？」河鼠停下手邊的動作詢問。

「我想一定是田鼠來了。」鼴鼠回答的語氣有幾分得意。「每年這個時候，他們都會四處報佳音，在這一帶可有名了。他們從來沒有漏掉我過，每年都是最後才來鼴鼠訖站。我以前常招待他們喝些熱的。請得起的話，偶爾還會招待晚餐。要是能再聽到他們唱歌，感覺一定像回到從前。」

「那就去看看他們吧！」河鼠大喊，跳起來跑向門口。

他們一把將門打開，迎面看到一幅符合時令的美麗景象。在角燈[7]朦朧的光線下，可以看見前院有八到十隻小田鼠排成半圓形，脖子上圍著紅色的精紡羊毛圍巾，前爪深深插進口袋，雙腳不停動來動去取暖。他們圓滾滾的小眼珠閃爍著光芒，個個羞怯地互相看來看去，偶爾偷笑一聲，還頻頻吸鼻子，再用袖子擦。門打開的時候，一隻年紀較大的田鼠剛好說：「預備備，一，二，三！」下一秒，他們尖細的嗓音在空中響起，吟唱一首古老的聖誕頌歌。他們的祖先在結霜的休耕地上，或是因大雪而困在壁爐邊時，創作了許多頌歌，後來一代代流傳下來，成為聖誕佳節期間，他們站在泥濘的街道上，對著燈火通明的窗子所唱的歌曲。這會兒，他們唱的便是其中一首。

〈聖誕頌歌〉

各位鄉親，在這天寒地凍時節，

請把家門敞開吧。

---

7 角燈（horn lantern）指的是使用動物的角製成的燈。動物的角經過處理後，因其不易燃的特性，加上比玻璃價格低廉，過去常製成薄片裝在燈上。

即便風會隨之而入，雪會伴隨而來，
仍請引領我們到爐邊歇息。
明朝喜樂將充盈你們的心！

我們站在冰天雪地裡，
指尖冰寒，呵氣跺腳，
遠道而來祝福你們。
你們在爐邊，我們在街上。
祝明朝喜樂充盈你們的心！

午夜來臨之前，
忽見一星引領前進，
天降喜樂與恩澤，
祝明日與將來，
朝朝喜樂充盈！

丈夫約瑟踏雪跋涉，
望見星點下的樸素馬廄。
瑪利亞不用再前行，
茅草之屋，乾草之地，歡喜相迎！
明朝喜樂將充盈她的心！

這時他們聽到天使說：
「是誰最先歡頌聖誕？
就是在耶穌誕生之際，
住在馬廄的所有動物，
明朝喜樂將充盈他們的心！」

隨著歌聲停下，那些小歌手臉上掛著靦腆的笑容，斜著眼睛互相偷看，緊接著空氣陷入一陣沉默，不過也只維持了片刻。遠方響起歡快的鐘聲，叮鈴噹啷的聲響變成悅耳的嗡嗡聲，隱隱約約從地面上方很遠的地方，穿過他們剛才走過的地道傳進耳中。

「唱得真好，小朋友！」河鼠發自內心高呼。「進來吧，大家快到壁爐邊烤烤身子，吃點熱的。」

「對啊，來吧，小田鼠。」鼴鼠熱切地大聲招呼。「感覺就像回到了以前！進來後把門帶上，把那張高背長椅拉到爐邊。很好，你們等一下，我們——唉，河鼠兄！」他絕望地大叫，一屁股重重坐到椅子上，眼淚就快掉下來。「我們到底在幹麼？根本沒有東西可以招待他們！」

「統統交給我，」掌控全局的河鼠說。「就你了，提角燈的小田鼠，過來這邊，我有話要說。來，跟我說，晚上這個時間還有店鋪開著嗎？」

「唔，當然有，先生。」小田鼠恭恭敬敬地回答。「每年這個時候，這裡的店都開一整天。」

「那聽好囉！」河鼠說。「你馬上提著燈出門，幫我買……」

接下來他們輕聲細語講了好一會兒，鼴鼠只聽到一些像是這樣的片段：「記住要新鮮的……不用，一磅就夠了……一定要買巴金斯家的，別家的我不要……不行，只買最好的……如果那裡買不到，就去別間看看……沒錯，當然要純手工做的，不要罐頭……就這樣，盡力而為吧！」說完後，硬幣叮叮噹噹從一隻爪子交到另一隻上，小田鼠接過一個大型購物籃，提著角燈匆匆跑出門。

其他田鼠在高背長椅上坐成一排，小小的腳丫子晃來晃去，盡情享受爐火的溫暖，把凍僵的手腳烤得刺刺麻麻。鼴鼠雖然想跟他們輕鬆閒聊，但沒能如願，索性開始聊家族史，要他們逐一背出自家弟弟的名字。每隻田鼠都有一籮筐的弟弟，但那些弟弟似乎因為年紀太小，今年還不能出來報佳音，不過他們還是期待不久之後就能得到父母同意。

同一時間，河鼠忙著研究啤酒瓶上的商標。「我看這準是老柏頓牌的。」他讚許說。「很識貨嘛，鼴鼠，正合我意！這下我們就可以熱些艾爾啤酒[8]，再加點糖和香料。鼴鼠，把會用到的東西準備好，我來拔瓶塞。」

沒一會兒工夫，他們就把食材加進酒裡，將錫製的加熱壺推進赤紅的火堆中央。不久後，每隻田鼠就啜起酒來，又咳又嗆（因為熱艾爾酒只要喝一點點，後勁就很強）。他們揉揉眼睛，開懷大笑，把這輩子所受的寒冷全都拋到腦後。

「這些小傢伙還會演戲呢。」鼴鼠向河鼠介紹。「全是他們自編自演的，演得可好了！去年就演了一齣精采絕倫的戲，故事是一隻田鼠在海上被巴巴里海

8 艾爾啤酒（ale）是一種麥芽酒，英國小鎮柏頓（Burton）為知名出產地。

盜[9]俘虜，迫不得已留在只能靠划槳前進的槳帆船上，不停划呀划。等到逃離海盜的魔掌、回到家鄉的時候，他的愛人已經去當修女了。等等，就是你呀！我記得你去年有演，起來背幾句臺詞聽聽。」

被點名的田鼠站了起來，一面羞怯地咯咯笑，一面左看看，右看看，嘴巴始終緊緊閉著。他的好哥兒們幫他加油打氣，鼴鼠也說了些好話鼓勵他，河鼠更是抓住他的肩膀搖了搖。可是不管怎麼做，他就是克服不了怯場的問題。大家絞盡腦汁幫助他，好比一大群水手為了拯救落水已久的人，把專門搶救溺水者的皇家人道協會[10]制定的規則一一搬出來套用。就在這時候，門閂發出哐啷一聲，大門開了，提著角燈的田鼠出現在門口，扛著沉甸甸的籃子，搖搖晃晃走進來。

一看到籃子裡真材實料的食物倒在桌上，就沒人再提演戲的事了。在河鼠的指揮下，大家都有事可做，不是動手做這個，就是幫忙拿那個。短短幾分鐘，晚餐便準備就緒。鼴鼠坐到主位上，彷彿置身夢境，看著剛才還空蕩蕩的餐桌，此

9 巴巴里海盜（Barbary corsair）指的是橫行在北非巴巴里沿岸的海盜，活躍於十六至十九世紀。

10 皇家人道協會（Royal Humane Society），英國慈善機構，最初為急救溺水者而於一七七四年成立。

刻已經擺滿美味佳餚，而那些小朋友個個眉開眼笑，食指大動，一刻也等不了。鼴鼠跟著大家大快朵頤，不過說真的，他也確實餓壞了。他一面享用像變魔術一樣出現的食物，一面想著這一趟回家，最後竟然得來這麼幸福的時光。大家一邊吃，一邊聊往事，田鼠也把最近街坊鄰居閒聊的話題一併告訴鼴鼠，連他提出的幾百個問題，也盡可能一一回答。河鼠幾乎沒有說話，只是專心照顧每一位客人，確保他們有吃到想吃的，而且想吃多少就吃多少，好讓鼴鼠不用為任何事操心或焦慮。

來到尾聲，田鼠們把外套口袋塞滿給家裡弟弟妹妹的小禮物，然後滿懷感激，送上數不清的佳節祝福，吱吱喳喳告辭。等到送走最後一隻田鼠，大門關上，角燈噹啷噹啷的聲音漸行漸遠，鼴鼠和河鼠便把火撥旺，拉過椅子，給自己熱了睡前最後一杯艾爾酒，再細數一下這漫漫長日發生的每件事。河鼠打了一個大呵欠後說：「鼴鼠兄，我簡直累癱了，用想睡覺來形容根本不夠。那邊那張是你的床嗎？好，那我就睡這張。這間小屋棒呆了！所有東西都在附近，真方便！」

他手腳並用爬到床上，用毯子把自己裹得緊緊的，就像一大捆大麥捲進收割機的懷抱，眨眼間便進入夢鄉。

疲倦的鼴鼠也巴不得趕緊上床睡覺。他很快就一頭倒在枕頭上，心中洋溢著滿足和喜悅。不過，在閉上雙眼之前，他任由視線在房內四處流轉。在爐火的映照下，曾經陪伴他漫長時光的屋子呈現出柔和的光影。火光或是舞動，或是停留在他倍感親切的熟悉物品上。那些東西早已不知不覺成為他的一部分，如今正笑臉盈盈迎接他回來，不帶一絲一毫的埋怨。鼴鼠此時此刻的心境，正是機智的河鼠悄悄引導他的結果。他清清楚楚看到，他家多麼簡單樸素，甚至十分狹小，但同時也深深明白，這個家對他意義非凡，一生中擁有這樣一個避風港，那份價值又是何等特別。他一點也不想放棄嶄新的生活，還有那五光十色的世界，也不想背棄陽光、空氣等等帶給他的所有美好，就這樣鑽回家中，待在家裡。上面的世界太過強大，即使是在地下，依然不斷呼喚他。而他也知道，自己必須重新登上那座更大的舞臺。即使如此，一想到有這樣一個地方可以回來，想到這裡完完全全屬於他，每樣東西都很高興再見到他，而且無論他什麼時候回來，都能得到同樣簡單樸實的歡迎，想到這邊，他的心裡就暖融融的。

6 蛤蟆先生

那是一個風和日麗的初夏早晨。河流恢復往日的面貌，順著岸邊流淌，水流也回到以往的速度。炙熱的太陽彷彿將所有青蔥蓊鬱、尖尖刺刺的植被從大地拔起，就像用繩子綁著，將植被一一拉向自己。鼴鼠和河鼠天一亮就起床了。他們忙著整理船隻，準備即將到來的划船季，先是粉刷小船，上亮光漆，接著修理船槳，補補椅墊，中途又東翻西找不知去向的船鉤，忙得不可開交。這會兒他們在小客廳一邊吃早餐，一邊興致勃勃討論今天的計畫。忽然間，門口響起重重的敲門聲。

「煩ㄟ！」河鼠吃蛋吃得正開心。「鼴鼠，既然你吃完了，就去幫忙看是誰來了。」

鼴鼠走去應門。河鼠聽到他發出一聲驚呼。隨後，鼴鼠把客廳門猛地打開，鄭重宣布：「獾先生大駕光臨！」

不得不說，這真是件非同尋常的事：獾竟然親自登門拜訪他們——或者說，竟然主動拜訪別人。平常如果有人急著找他，就必須在一大早或深夜時分，趁他悄悄溜過樹籬時上前攔住，或者直接到他在野森林中央的住處找他，而這可要費好一番工夫。

獾邁開沉重的步伐進到屋裡，神情嚴肅地站在兩隻動物面前，兩眼盯著他們。河鼠愣在座位上，嚇得下巴快掉下來，手中吃蛋用的湯匙掉到桌巾上。

「是時候了！」過了一會兒，獾才正經八百開口說。

「什麼是時候了？」河鼠不安地問，瞥了一眼壁爐上的時鐘。

「你應該問，是誰的時候到了。」獾回說。「唉，是蛤蟆的時候到了，是時候治治他了！我說過，等冬天一結束，就要來管教他，今天我就是來給他教訓的。」

「蛤蟆的時候到了。當然是在說他啦！」鼴鼠高興地大喊。「萬歲！我想起來了，我們要教他當一隻懂事的蛤蟆！」

「就是今天早上，」獾坐到扶手椅上接著說。「昨晚我收到可靠消息，說今天早上又會有一輛馬力超強的新車送到蛤蟆莊園，看他要買還是要退。現在蛤蟆說不定正忙著盛裝打扮，換上他愛得要命卻醜得出奇的行頭。雖然（跟沒穿那些衣服相比）他長得還算不賴，但一換上那身裝扮，就變成妖魔鬼怪，任何正經的動物看了都會嚇昏頭。我們必須趁早行動，不然就來不及了。你們兩個馬上陪我到蛤蟆莊園，一定要完成拯救他的任務。」

「說得對！」河鼠跳起來大聲說。「我們要去救這隻不幸的可憐動物！我們要幫他改邪歸正，把他教化成行為最端正的蛤蟆，不到最後絕不放棄！」

獾領頭帶他們踏上這趟大發慈悲的解救任務。動物結伴走在路上的時候，一向依循恰當且明智的方式列隊前進，而不是零零散散走在路上。這樣一來，萬一遇到突發狀況或危險，大家也能互相照應，不至於束手無策。

正如獾所預料，他們一到蛤蟆莊園的車道，就看到房子前面停著一輛閃閃發亮的大型汽車，車身漆成大紅色（這是蛤蟆最喜歡的顏色）。他們往門口走的時候，大門突然被用力甩開。蛤蟆戴著護目鏡和帽子，腳上穿著綁腿，身穿特大號大衣，一邊拉緊防護用的長手套，一邊大搖大擺走下臺階。

「喲！大家快過來！」蛤蟆一看見他們就爽朗地大喊。「你們來的正是時候，跟我一起出去玩……一起玩……出去……呃……玩……」

他注意到三位朋友沉默不語，表情嚴肅而堅定，說話不禁變得結結巴巴，原本熱情打招呼的語氣也越來越微弱，最後連邀請大家的話都沒說完。

獾大步跨上臺階。「把他拖進去。」他板起臉吩咐兩位同伴。話聲一落，蛤蟆就被猛力拖進門內。他又是掙扎，又是抗議。同一時間，獾轉向負責那輛新車的司機。

「今天恐怕不需要先生了。」他說。「蛤蟆先生改變主意了，他不需要這輛車。還請先生理解，這是最後決定，不用再等了。」說完，他便跟著其他人進屋，砰地把門關上。

「現在，」他衝著蛤蟆說，這時四隻動物一塊兒站在門廳。「首先，把這身讓人笑掉大牙的奇裝異服脫掉！」

「千萬別啊！」蛤蟆強力反對。「你們這樣橫行霸道，到底在搞什麼？馬上給我解釋清楚。」

「好吧，你們兩個，幫他脫。」獾發號施令，沒跟他廢話。

蛤蟆亂踢亂罵，把所有污言穢語都罵了一遍。他們不得不把他按在地上，好不容易喬好位置才動手扒衣。河鼠坐在蛤蟆身上壓著，由鼴鼠把他的開車金裝一件一件扒下，扒完才扶他站起來。蛤蟆脫下那身華麗的盔甲後，大聲咆哮的狂氣似乎跟著消失了一大半。現在，他不再是什麼公路惡霸，只是一隻蛤蟆。他有氣無力地咯咯笑，用可憐巴巴的眼神看看這邊，又看看那邊，似乎已經完全明白自己的處境。

「你很清楚早晚會有這一天，蛤蟆。」獾嚴厲訓斥他。「你無視我們給你的所有警告，繼續揮霍你父親留給你的遺產，還在路上亂飆車，橫衝直撞，跟警察大吵大鬧，敗壞我們這一帶動物的名聲。沒錯，獨立自主是件好事，但我們生而為動物，絕不放任朋友把自己搞得一塌糊塗。不管再怎樣，事情是有限度的。你呢，已經太超過了。從很多方面來看，你都很不錯，我也不想太苛責你。我就再努力一回，幫你恢復理智。跟我到吸菸室去，聽聽你自己做了些什麼好事，出來後再看你會不會改過自新。」

他緊緊抓住蛤蟆的手臂，把他帶進吸菸室，然後把門關上。

「那根本沒用！」河鼠一臉不屑地說。「跟蛤蟆講道理啊，一輩子也治不了他。他只會鬼話連篇，說一套，做一套。」

他們找了張扶手椅坐下休息，耐心等待。透過緊閉的房門，只能聽到獾低沉的說教聲一波接一波，聲音時大時小。過了一會兒，他們注意到獾訓話的時候，時不時被長長的啜泣聲打斷，那聲音一聽就知道是發自蛤蟆肺腑。蛤蟆心腸軟又重感情，很容易接納各種觀點的勸說——至少目前是這樣。

過了大約四十五分鐘，門開了，臉色凝重的獾牽著全身虛弱無力、垂頭喪氣的蛤蟆走出來。蛤蟆的皮膚鬆鬆垮垮垂在身上，雙腿沒有力氣站穩。獾那撼動人心的勸說讓他淚如雨下，臉上滿是淚痕。

「坐那裡吧，蛤蟆。」獾指著一張椅子和氣地說。「兩位朋友，」他繼續說。「很高興告訴你們，蛤蟆終於明白他犯的錯，而且對過去走了歪路覺得非常愧疚，承諾從現在開始再也不碰汽車。他已經鄭重向我保證了。」

「真是天大的好消息。」鼴鼠一本正經回應。

「的確是大好消息，」河鼠半信半疑地說。「但願是這樣，要真是這樣就好了。」

他一邊說，一邊仔細觀察蛤蟆，越看越覺得蛤蟆的眼神雖然還是很鬱悶，但眼裡隱隱約約有什麼閃動了一下。

「現在就差一件事沒做。」獾滿意地接下去說。「蛤蟆啊，你把剛才在吸菸室向我一五一十招認的話，當著朋友的面鄭重重複一遍。第一，你對過去的所作所為感到很後悔，也明白那些行為有多愚蠢，對不對？」

屋裡陷入很長很長的沉默。蛤蟆絕望地左看看，右看看，然而其他動物只是板著臉，默不作聲。等著等著，蛤蟆終於開口。

「才不呢！」他話裡透著一絲怒氣，態度很強硬。「我不後悔，那些行為一點也不愚蠢，簡直光榮到不行！」

「什麼？」獾大吼一聲，蛤蟆沒良心的話叫他大為震驚。「你這個走回頭路、一錯再錯的傢伙，剛剛不是才跟我說過，就在那裡面……」

「噢，對對對，在那裡面。」蛤蟆不耐煩地說。「在那裡我什麼話都說得出來。親愛的獾啊，你口才太好了，把話說得那麼賺人熱淚，那麼有說服力，所有論點都講得頭頭是道。你在裡面可以把我玩弄在股掌間，這點你很清楚。可是出來之後，我就捫心自問，把事情想了一遍又一遍。我發現，我一點也不後悔，真的沒什麼好悔改的，所以口頭上說我悔不當初根本沒用。就是這樣，對吧？」

「也就是說，你不打算保證，」獾說。「再也不碰汽車？」

「打死也不保證！」蛤蟆果斷回答。「而且恰恰相反，我發一萬個誓保證，只要一看見汽車，就第一輛，『噗噗！』我就要坐上去逍遙了！」

「早跟你說了，對吧？」河鼠對鼴鼠說。

「那好吧。」獾站起身，語氣堅定不移。「既然你不聽勸，就別怪我們出手不客氣。我從一開始就很擔心，事情會演變成這樣。蛤蟆，你常常邀我們三個來你家，跟你一起住在這幢漂亮的房子一陣子。好啊，現在我們就住下來。等我們幫你洗心革面、端正思想後再離開。你們倆先帶他上樓，把他鎖在臥室，我們再來安排後續工作。」

蛤蟆被他兩位忠心的朋友拖上樓時，手腳亂揮亂踹，拚命掙扎。「這都是為了你好，蛤蟆兄，你知道的。」河鼠好聲好氣說。「你想想，等你度過這個難關，這毛病發作帶來的痛苦結束了，大家就可以像以前那樣，開開心心一起玩。」

「在治好你之前，我們會細心幫你打理所有事，」鼴鼠說。「也會確保你的錢不再像以前那樣亂花。」

「再也不會捲入跟警察有關的憾事了，蛤蟆。」河鼠一邊說，一邊跟鼴鼠合力把蛤蟆推進臥室。

「也不用再一連好幾個星期住在醫院，給護士小姐呼來喚去了，蛤蟆。」鼴鼠再補一句，並把門鎖上。

蛤蟆隔著鎖孔對他們一陣臭罵。下樓之後，三位朋友針對目前情況，開會商量對策。

「這會是場沉悶的長期抗戰。」獾嘆了一口氣說。「我從來沒看過蛤蟆這麼執迷不悟。但無論如何，我們一定要貫徹始終，一刻也不能讓他從我們眼皮底下離開。我們得輪流看守他，直到他中的毒自行排出為止。」

於是，他們制定了值班表。每天晚上輪流由一隻動物睡在蛤蟆房間，白天則分時段值班。想也知道，一剛開始，蛤蟆讓那些謹慎的守衛十分頭痛，耐心幾乎快被磨光。每當他毛病發作，突然發狂，就把臥室的椅子大致擺成汽車的形狀，蹲在最前面的椅子上，上半身向前壓低，兩眼緊緊盯著前方，發出粗野、可怕的鬼叫聲，發狂到極點的時候，就翻一個大跟斗，筋疲力盡地趴倒在東倒西歪的椅子上，似乎是暫時過了癮。隨著日子一天天過去，雖然每次發病都很痛苦，但發作的次數漸漸減少。三位朋友也使出渾身解數，想把他的心思轉移到新鮮事物上，可是他對其他東西好像還是興趣缺缺，而且明顯變得越來越無精打采、鬱鬱寡歡。

一個陽光明媚的早上，輪到河鼠上樓跟獾交班。他看到獾已經坐不住，等不及要出門舒展筋骨，一路散步到他家所在的森林，鑽到地洞下，進入地道轉一圈。「蛤蟆還賴在床上。」獾從門外告訴河鼠。「不管怎麼跟他搭話，他都不太理人，只會說些『唉，別管我，我什麼都不要。也許我很快就會好起來，這毛病早晚會過去的，不用太擔心。』之類的話。聽著，河鼠，你可要當心！要是蛤蟆安靜又聽話，裝出一副好孩子在主日學[11]得獎的神氣模樣，那就是他最狡猾的時候，腦袋一定是在打什麼壞主意。我已經摸透他了。好啦，我得先走了。」

「今天怎麼樣，兄弟？」河鼠走到蛤蟆床邊開朗地問。

他等了好幾分鐘才得到回應，蛤蟆有氣無力地說：「真是謝謝你，親愛的河鼠兄。你心地真好，還來問候我。不過呢，先告訴我，你跟那位優秀的鼴鼠還好嗎？」

「嗯，我們很好呀。」河鼠回答。「鼴鼠呢，」河鼠不小心說溜嘴。「要跟獾一起出去繞繞，午餐時間才回來，所以這個美好的早上只有你我兩個作伴，我會盡全力逗你開心的。好啦，快跳下床，好兄弟。今天早上天氣這麼好，別躺在那裡悶悶不樂了！」

「親愛的河鼠，你真善良，」蛤蟆低聲說。「但你太不瞭解我的身體狀況，現在我根本沒有力氣跳下床，大概不會有那一天吧。不過你用不著擔心我，我討厭變成朋友的負擔，也不想繼續拖累你們。說真的，連我都希望不會再這樣下去。」

---

11 主日學（Sunday school）是基督教教會於星期日為兒童進行信仰教育的場所。

「唉，我也不希望。」河鼠發自內心說。「這陣子你一直給我們添麻煩，我很高興聽到這一切要結束了。今天天氣這麼好，划船季也開始了，你的心眼真的很壞，蛤蟆！我們倒不怕你添麻煩，可是你害我們錯過很多好玩的事。」

「話是這麼說，我怕你們還是嫌我麻煩。」蛤蟆有氣無力地說。「我非常能理解，這再自然不過。你們已經為我操心操煩了，我不能再給你們添更多事。我就是個麻煩鬼，我心裡有數。」

「沒錯，你就是。」河鼠說。「不過我跟你說，只要你願意成為懂事的動物，不管你捅出什麼大婁子，我都不嫌麻煩，一定幫你一把。」

「要真是這樣，河鼠兄，」蛤蟆氣若游絲，語氣變得更虛弱。「我求求你，說不定是最後一次求你，請你盡快到村裡一趟。雖然現在可能太遲了，但還是請醫生來吧。算了，別費心了，這不過是給你找麻煩，不如聽天由命吧。」

「怎麼了？找醫生做什麼？」河鼠一邊詢問，一邊湊近檢查他的狀況。他確實一動也不動，平平癱在床上，說話越來越沒有力氣，態度也變了許多。

「最近你一定注意到了……」蛤蟆用氣音說。「不對，你何必注意呢？留心注意只是自找麻煩。沒錯，說不定明天，你就會跟自己說：『唉呀，要是我早點注意到就好了！要是我採取點行動就好了！』但還是算了，太麻煩了。別放在心上，把我的請求忘了吧。」

「朋友啊，聽好了，」河鼠變得有些慌張。「如果你真的要找醫生，我當然會請他來，但你的狀況沒有糟成那樣。我們還是聊點別的吧。」

「親愛的朋友，」蛤蟆苦笑說。「我擔心就現在的狀況，聊天幫不了什麼，恐怕連醫生也無濟於事。可是，哪怕只剩最後一根稻草，也非抓住試試不可。對了，你去找醫生的時候，能不能順便請律師過來？我討厭給你添麻煩，只是剛好想到你會路過。律師來的話會幫我省很多事。有些時候——也許應該說，一生就那麼一次，必須不計一切代價，竭盡最後一絲力氣，面對不愉快的課題。」

「律師！天啊，他一定病入膏肓了！」一臉驚恐的河鼠自言自語，匆匆走出房門，但也不忘細心地把門鎖好。

到了門外，他停下腳步思考。另外兩位朋友遠在他處，沒有人可以商量。

「還是保險一點比較好。」他深思熟慮後說。「我知道，蛤蟆以前也曾無緣無故以為自己病得要升天了，可我從沒聽說過他要找律師。要是真沒什麼大礙，醫生自然會叫他少在那邊大驚小怪，給他打打氣，可能也會有些幫助。我還是照他的意思出發吧，反正花不了多少時間。」於是他決定伸出援手，跑到村裡辦事。

蛤蟆一聽到鑰匙在鎖孔轉動，就輕手輕腳跳下床，急切地望向窗外，兩眼盯著河鼠不放，直到他的身影消失在車道上。緊接著，蛤蟆痛快地放聲大笑，用最快的速度穿上眼前最時髦而且順手就能抓來的衣服，再從梳妝臺的小抽屜掏出現金，把口袋塞得鼓鼓的。接著，他從床上拉下床單、被套等等，一條接一條打結在一起，然後把這條臨時製作的繩子一端，綁在窗戶中央的直柱上（那扇都鐸式窗戶非常漂亮，是蛤蟆臥室的一大亮點）。他爬到窗外，抓著臨時繩索、輕巧地滑到地面，往跟河鼠相反的方向，一派輕鬆大步離去，嘴裡還開心地吹著口哨。

過了很久，獾和鼴鼠終於回來了。河鼠吃午餐時頭上頂著烏雲，不得不在餐桌上面對他們，吐露那令人難以置信的可悲故事。獾對他連番挖苦，言辭就算不說是無情，也稱得上尖酸刻薄了。不過這些話也不難想像，所以這裡就先跳過不提。真正讓河鼠痛心的是，連一直無條件站在朋友這邊的鼴鼠，竟然也忍不住說：「你這回實在有點糊塗，河鼠兄！萬萬沒想到蛤蟆也是個糊塗蛋！」

「他演得天衣無縫。」垂頭喪氣的河鼠說。

「是他把你騙得天衣無縫。」獾怒氣沖沖地說。「不過，再講下去也於事無補。想必他現在已經跑得老遠了。最糟糕的是，他會因此得意忘形，以為自己才智無雙，結果什麼蠢事都做得出來。唯一值得安慰的，就是我們現在自由了，不必再浪費寶貴的時間站崗放哨。不過，我們最好還是在蛤蟆莊園多待幾晚。他隨時可能會回來，也許是被擔架抬回來，或者被兩名警察架著押回來。」

話是這麼說，但獾無從得知接下來將會發生哪些事，也不知道要重蹈多少覆轍，又要蹚多少渾水，蛤蟆才能夠重返祖傳的莊園，悠然自得坐在家中。

與此同時，滿面春風的蛤蟆把責任感抛到腦後，踏著輕快的步伐，走在離家好幾哩遠的公路上。起初他怕有人追上來，所以專挑羊腸小徑走，穿過一片又一片田野，改變了幾次路線。不過這會兒，他覺得自己已經安全過關，不用再擔心被抓回去，而且太陽也送給他燦爛的笑容，連他在心裡給自己唱的自誇之歌，天地萬物也齊聲合唱。他一臉沾沾自喜，一路上簡直要跳起舞來。

「真是聰明的一招！」他暗自竊笑，自言自語。「腦力對上蠻力，終究是腦力稱霸，這早就註定好了。河鼠兄真是可憐啊！唉，獾回去之後，八成會痛罵他一頓！沒錯，河鼠是值得敬重的朋友，優點是有不少，但就是頭腦不太靈光，完全沒受過教育。改天我得來雕琢雕琢他，看他能不能成點器。」

蛤蟆滿肚子這種自以為是的想法，一路趾高氣揚走到一座小鎮。他在大街上走到快一半時，看到前方橫著一塊招牌，上頭寫著「紅獅」，這才想起他今天還沒吃早餐，走了大老遠的路，肚子早就餓扁了。他大步走進旅館，點了一份最豐盛而且馬上就能上桌的餐點，到附設的咖啡廳坐下享用。

吃到一半的時候，一陣再熟悉不過的聲音從街上逐漸靠近，他心頭一震，像觸電一樣全身顫慄。噗噗！那聲音越來越近，聽得出車子彎進旅館院子，停了下來。蛤蟆必須用力抓住桌腿，才能掩飾他激動到難以壓抑的情緒。不久，車上的幾個人走進咖啡廳。他們飢腸轆轆，有說有笑，暢聊一上午的經歷，讚嘆那輛開來的汽車有多舒適，把優點說了一遍。蛤蟆聚精會神聽了一會兒，最後再也克制不住，躡手躡腳溜出咖啡廳，到櫃檯結帳。一到外頭，他就悄悄晃進院子。「我就看一下，」他自言自語。「哪會出什麼事！」

汽車停在院子中央，無人看管，馬廄的雇工和其他客人都去吃午餐了。蛤蟆緩緩繞著車子走，一面細細打量、評價，一面沉思默想。

「真好奇，」他口中念念有詞。「真好奇這種車好不好發動。」

轉眼間，他也不曉得是怎麼回事，一回神就發現自己正握著啟動引擎的曲柄把手[12]，使勁轉動。那熟悉的聲音一響起，過去對汽車的狂熱馬上擄獲蛤蟆，

---

12 以前的車子發動時，要將曲柄把手插入車頭前方的孔洞，藉由旋轉把手發動引擎。

徹底支配他的身心靈。他就像做夢一樣，不由自主坐上駕駛座。他彷彿置身在夢中，拉動了排檔桿，開車繞了院子一圈，接著開出拱道。在夢裡，所有是非對錯，所有對因果報應的恐懼，似乎都暫時消失無蹤。他加快車速，把整條街甩在後頭，疾馳躍上公路，橫越開闊的鄉間。此時此刻，蛤蟆一心只想著他又做回了自己，做回絕頂厲害、至高無上的蛤蟆。他是惡霸蛤蟆，是交通的宰制者，是荒涼小路的上帝。在他面前，不管何方神聖都必須讓路，否則就等著被撞得灰飛煙滅，永不見天日。他一面飛馳，一面高歌，汽車也發出宏亮的隆隆聲回應。他開車奔馳一哩又一哩，只管滿足本能，縱情享受當下，不管到底開往何處，也不顧可能面臨的下場。

&

「本席認為，」首席治安法官[13]面帶笑容表示，「這起案件的案情一清二楚，唯一的難題是，我們該如何判決，才能讓眼前在被告席畏縮成一團的被告吃

13 在英國，輕微的刑事案件由治安法院審理，所屬法官主要為非職業法官，另有少數職業法官。

足苦頭，制裁這個不知悔改的流氓、冥頑不靈的惡棍。我來看看，在罪證確鑿之下，他被判有罪。罪行一，偷竊昂貴汽車；罪行二，危險駕駛，危及公共安全；罪行三，對鄉村警察極度粗魯無禮。書記先生，請告訴我們，針對這三項罪行，每一項最重可判處的刑罰是什麼？當然，不用假定被告無罪，他犯的罪鐵證如山。」

書記官用筆搔了搔鼻子。「有的人認為，」他表示。「偷汽車是最嚴重的罪，事實也確實如此。但刑罰最重的罪，無疑是對警察粗魯無禮，應當是這樣。假設竊盜罪輕判十二個月，胡亂駕駛也寬宏大量從輕處刑三年，而對警察大不敬判十五年。根據我們從證人席聽到的陳述，就算只聽信其中的十分之一，我向來也只聽信這麼多，被告的侮辱行徑也是相當惡劣。這些數字正確加起來，一共是十九年……」

「好極了！」首席法官說。

「謹慎起見，最好還是判個整數，就二十年吧。」書記官總結。

「這建議很棒！」首席法官讚許。「犯人！打起精神，挺直腰桿。這次判你坐二十年牢。記住，下次再看到你出現在法庭上，不管涉及什麼罪名，我們都會加重嚴懲你！」

就這樣，凶狠的法警紛紛撲向倒楣的蛤蟆，給他戴上手銬腳鐐，把不停尖叫、哀求、抗辯的蛤蟆拖出法庭。他被拖著穿過市場，街上的群眾一臉幸災樂禍。面對只是遭到通緝的人，他們向來會施予同情與援助，但對於已經定罪的犯人，他們每次都是痛下重手，又是嘲笑，又是丟胡蘿蔔，還會用時下的流行語咒罵他。經過那些大聲譏笑他的小學生，一張張天真無邪的臉龐笑得合不攏嘴，那是親眼目睹紳士落難才有的樂趣。他被押著走過有回音的吊橋，通過底端帶刺的格子閘門下方，穿過猙獰可怕的拱道，進入一座塔頂高聳入雲的陰森古堡。沿途路過的守衛室，擠滿了銜著他咧嘴笑的下崗哨兵。跟站崗中的哨兵擦身而過時，他們故作咳嗽，散發惡意與嘲諷。值勤中的哨兵只敢以這種方式，表達對犯人的蔑視與厭惡。隨後他被拖上老舊的旋轉樓梯，經過身穿鋼盔鐵甲的重裝士兵，他們從頭盔射出威脅的目光。走過院子時，凶猛的獒犬往前猛衝，把拴住他們的皮帶扯到最緊，張牙舞爪作勢撲向蛤蟆。路過年老的守衛旁時，只見他們把斧槍靠在牆上，手裡拿著一塊餡餅和一壺棕色艾爾啤酒在打瞌睡。走著走著，一行人經過殘忍拉扯四肢的拷問室和夾手指頭的酷刑室，跟著走過通往隱密絞刑臺的拐彎處，一路走到古堡中央最深處，來到那間最陰森的地牢門前，這才停下腳步。一位老獄卒坐在門口，手裡擺弄著一大串鑰匙。

「該死！」警長脫下頭盔，擦了擦額頭的汗。「起身，老糊塗，把這隻卑鄙無恥的蛤蟆關進去。他是罪大惡極、詭計多端的囚犯，務必拿出所有本事看緊他。聽清楚了，老頭子，萬一出什麼意外，你那顆老腦袋就得負責，你們兩個都吃不了兜著走！」

獄卒陰沉地點點頭，把皺巴巴的手按在可悲的蛤蟆肩上。生鏽的鑰匙在鎖孔咔噠一聲，巨大的牢門就在他們身後哐噹關上。就這樣，蛤蟆被關進全英國樂土上最堅固的城堡，囚禁在戒備最嚴密又最偏遠的地牢裡，淪為孤立無援的階下囚。

7 黎明之門的吹笛手

柳鶯躲在河岸邊緣的陰暗處，唱著清幽婉轉的曲調。雖然時間已過晚上十點鐘，天空仍然緊抓著裙襬般的暮色，挽留逝去的白晝殘留的些許餘暉。短暫的仲夏夜晚以冰涼的手指輕觸，涼爽的氣息吹散了炙熱的午後帶來的沉悶熱氣，讓滾滾熱浪節節退去。從黎明到日落，天空萬里無雲，暑氣難耐。鼴鼠張開四肢躺在河岸等朋友回來，天氣依然熱得他不停喘氣。這天他和幾位同伴在河上玩耍，好讓河鼠可以毫無牽掛去赴跟水獺約定已久的約。稍早當鼴鼠回到家，看到屋裡漆黑一片，空蕩蕩的，完全不見河鼠蹤影，就知道河鼠一定是想和老朋友待晚一點。天氣還是太熱了，待在家裡實在難受，於是鼴鼠跑到河岸，躺在幾片大羊蹄的涼爽葉子上，回想一整天的點點滴滴，心想一切真是美好。

過沒多久，他聽見河鼠輕盈的腳步踩在乾枯的草地上逐漸靠近。「哇，好一個涼爽天！」他說著坐了下來，若有所思地凝視著河面，心頭纏繞著煩惱，一句話也沒說。

「想必你留在那裡吃晚餐了吧？」鼴鼠問。

「我別無選擇，只能留下來。」河鼠說。「他們說什麼都要讓我吃完晚餐再走。你懂的，水獺家一向很熱情。離開之前，他們跟平常一樣費盡心思招待我，想讓我開心，可是我始終覺得自己很殘忍，因為我很清楚他們非常難受，就算他們極力掩飾，我還是看得出來。鼴鼠，恐怕他們遇到麻煩了。小胖胖又不見了。你也知道，水獺爸雖然從來不多說，心裡卻掛念得不得了。」

「什麼？那個小孩嗎？」鼴鼠滿不在乎地說。「好，就算真的不見了，那有什麼好擔心的？他老是在外面亂跑，把自己搞丟，沒多久又出現。他就愛四處探險，但從來沒真的出過事。這附近的居民都認識他，也喜歡他，就跟他們喜歡水獺爸一樣。放心吧，一定會有哪隻動物遇到他，把他平安帶回來的。你看，以前我們就在離家好幾哩遠的地方找到過他。那時他可鎮定了，心情還很好呢！」

「是沒錯，但這次問題更嚴重。」河鼠臉色凝重地說。「他已經不見好幾天，水獺家四面八方都找遍了，一點蛛絲馬跡也沒有。他們也問了方圓幾哩內的每隻動物，結果沒有一隻知道他的下落。水獺嘴巴不承認，但心裡顯然很焦急。我好不容易才從他口中得知，小胖胖的游泳技巧還不是很純熟，偏偏他可能跑到攔河堰那邊去了。水獺的這個推測我也認同。每年這個時候，從攔河堰沖下來的水量還是很大，那地方總是讓小胖胖著迷不已。那邊還有，呃，陷阱之類的，你懂的。水獺不是那種在事情發生之前，就替他的小孩窮緊張的動物，但他現在緊張兮兮的。我離開的時候，他陪我一起出來，表面上說要透透氣，舒展一下筋骨，但我看得出來不是那樣。我鼓勵他跟我說，一點一點追問，最後才把實情全部問出來。原來他打算到淺灘那邊守夜。你知道淺灘在哪裡嗎？就是那座橋蓋起來之前，大家用來過河的那片淺灘。」

「那地方我很熟。」鼴鼠說。「但水獺為什麼挑那裡守夜？」

「是這樣的，他給小胖胖上第一堂游泳課的地方，好像就在那裡。」河鼠接著說。「在靠近河岸那頭的礫石淺水沙嘴。他之前也在那邊教小胖胖抓魚。小胖胖的第一條魚就是在那裡抓到的，當時他可神氣了。這孩子非常喜歡那個地方，所以水獺認為，不管他現在身在何處，要是可憐的小傢伙此時此刻還活著，等他流浪回來，說不定就會跑去他喜歡的那片淺灘。或者如果他路過那裡，想起以前的回憶，說不定會停下來玩一下。所以，水獺打算每天都去那裡守夜，抱著一絲希望，你可知道，就為了那一絲希望！」

他們沉默了一會兒，心裡都想著同一件事：那隻傷心的動物蹲在淺灘旁邊，凝視著水面苦苦等待，孤零零度過漫漫長夜，就為了那一絲希望。

「算了，算了，」河鼠不久後說。「我們該進屋睡覺了。」話是這麼說，他還是坐在原地不動。

「河鼠啊，」鼴鼠說。「雖然現在看起來我們幫不了什麼，但要我什麼都不做，轉頭進屋倒頭就睡，我實在辦不到。不如我們把船划出來，到上游去。再過一小時左右，月亮就會升起來，到時候就可以全力以赴尋找小胖胖。不管怎樣，這比什麼都不做，直接上床睡覺來得好。」

「我也這麼想。」河鼠說。「再說，今晚想睡也睡不著。過不了多久，天就要亮了，也許我們路上可以跟早起的動物打聽一些消息。」

他們把船划出去。河鼠握住船槳，小心翼翼擺著。河流中央有一條狹窄的水道，河面清澈，隱約映照著天空，而河岸、灌木、樹木在水面上投下的倒影，清晰呈現出岸上的真實模樣。眼前這幅景象，讓鼴鼠只能憑自己的判斷控制船的方向。夜色漆黑，四周杳無人煙，耳邊充斥著細碎的聲響，時而是歌聲，時而是談話聲，時而是枝葉沙沙作響。這些聲音說明有一群清醒的小動物正忙著四處奔走，通宵做生意，從事各自的工作，直到陽光終於灑落他們身上、為他們帶來應得的休息時光，才會停下歇息。河水本身的聲音比白天更加清晰，流水潺潺，咕嚕咕嚕，聲音分明得令人驚訝，近得就像在觸手可及的地方。他們三番兩次被突如其來的清晰呼喚嚇了一跳，彷彿真的有誰正以清楚的咬字在說話。

在天空的映襯下，地平線清晰而銳利。一片銀色磷光緩緩攀升，不斷擴展再擴展，讓其中一段地平線顯得格外漆黑。等著等著，大地邊緣總算盼到姿態雍容華貴的月亮冉冉升起，脫離地平線的束縛航向天空，不再被牽制在停泊處。這會兒，他們又能看見大地表面，那一望無際的草地，靜謐的花園，兩岸之間的河流，全部輕柔地揭開面紗，洗去神祕恐怖的色彩，恢復白天光彩耀人的神態，可是與白天的樣子又有千差萬別。兩隻動物常去的老地方，換上另一套裝束迎接他們，彷彿那地方曾偷偷溜走，披上一套皎潔的新衣之後，又悄悄溜回來，對他們靦腆一笑，等著看換上新裝後，他們還認不認得它。

兩個好朋友把船繫在一棵柳樹上，踏上這座寂靜的銀色王國，在樹籬、空心樹，以及小溪通過的暗渠、水溝、乾涸的水道間，一一耐心搜索。他們再次坐上船，划到對岸尋覓，一路以這種方式朝上游前進。明月靜靜高掛在無雲的夜空，獨立於大地之上。縱使相距遙遠，她仍竭盡所能協助他們搜索，直到她落下的時刻到來，才不情不願沉入地平線，與他們分別。隨後，神祕的面紗，再次籠罩田野與河流。

接著，眼前的景色慢慢出現變化。地平線變得更加清晰，田野和樹木逐漸收入眼底，只是不知不覺中，那面貌已經不再相同，那層神祕面紗也漸漸消散。一隻鳥突然發出笛音般的鳴叫，隨即又安靜下來。微風輕拂而過，蘆葦和香蒲隨風搖曳，窸窸窣窣。鼴鼠划槳時，坐在船尾的河鼠忽然挺直身子，激動地豎起耳朵，全神貫注傾聽。鼴鼠輕輕擺著槳，保持小船持續前進，兩眼仔細掃視河岸。他察覺河鼠不太對勁，好奇地盯著他。

「聽不見了！」河鼠嘆了口氣，又往後倒在座位上。「多麼美妙、奇特又陌生啊！那聲音消失得這麼快，倒不如一開始就別讓我聽見。它在我心中激起一股痛苦的渴望，多想再次聽到它，永永遠遠聽下去，其他東西好像都失去了意義。等等，又來了！」他大喊一聲，再次提高注意力。河鼠深深著迷，像著了魔似的，陷入漫長的沉默。

「現在又漸漸消失，快聽不到了。」過了一會兒他說。「噢，鼴鼠！多麼美妙啊！河水冒泡的聲音悅耳動聽，與遠方的笛聲相互交織，遠遠傳來纖細、清亮、快樂的呼喚。我做夢也想不到會聽見這樣的音樂，那呼喚甚至比音樂還甜美。划呀，鼴鼠，快划呀！那樂聲和呼喚一定是朝我們來的。」

鼴鼠雖然一頭霧水，但還是照做了。「我什麼也沒聽見，」他說。「只聽到風吹過蘆葦、燈心草和柳樹的聲音。」

不管河鼠是不是有聽到鼹鼠說話，他都沒有回應。河鼠魂不守舍，心醉神迷，渾身打顫，所有感官都為那新奇的神聖之音所俘虜，任其抓住他無助的靈魂，搖啊晃啊，就像用強而有力的臂彎，抱著快樂的柔弱嬰兒。

鼹鼠默默繼續划船，不久便來到河流的分岔口，其中一邊通向長長的滯水區。河鼠這時候早已把控制船身方向的繩子放下，微微一抬頭，示意鼹鼠往滯水區划。晨曦一束束落下，往外悄悄擴散。現在他們可以看到如寶石般鑲在水邊的花朵，閃爍什麼樣的顏色。

「變更清楚而且更近了！」河鼠歡天喜地高呼。「現在你總該聽到了吧！啊哈，終於啊，看來你聽到了！」

歡快的笛聲如浪潮般撲向鼹鼠，將他捲入其中，從頭到腳支配他。鼹鼠屏住呼吸怔住了，手中的槳也停下不動。他看見同伴臉頰上的淚水，接著低下頭，心中頓時領悟。好一會兒，他們停在原處不動，點綴在岸邊的紫色千屈菜輕拂過他們。那聲聲清晰而威嚴的呼喚，與令人陶醉的旋律齊聲傳來，將其意志強加到鼹鼠身上，使他不由自主彎下腰划槳。天色漸漸明亮，卻沒有一隻小鳥像平常一樣，在黎明時分婉轉歌唱。若不是那從天上來的樂聲響起，萬物都出奇地安靜。

船隻前進的時候，兩旁豐美的草地在這天早上顯得無比新鮮翠綠。他們從來沒有看過如此鮮豔的玫瑰，如此蓬勃生長的柳蘭，如此芬芳的繡線菊。這時攔河堰的潺潺水聲開始在空中迴盪，那低低細語越靠越近。他們下意識覺得終點近在眼前，而且無論在那裡迎接他們的是什麼，肯定都在等他們一探究竟。

巨大的攔河堰從此岸搭到彼岸，圍住兩岸之間的滯水區。耀眼的碧綠河水沿著攔河堰的肩膀流下，形成寬大的半圓形泡沫，閃爍著粼粼水光，同時在平靜的水面攪出一圈又一圈轉動的漩渦，以及向外漂移的泡沫線。莊嚴而安定人心的隆隆水聲，將其他聲音統統淹沒。攔河堰伸出閃閃發亮的臂膀，環抱水面正中央的小島。那座小島安安穩穩地躺在河中，四周長滿了柳樹、白樺和赤楊。不管那層面紗背後藏著什麼，矜持羞怯的小島都意味深長地將它遮掩住，等到時機成熟，才會在受到召喚的天選之人面前揭開。

兩隻動物放慢動作，沒有一絲懷疑或猶豫，反而抱著某種莊嚴的期待，划過破碎而洶湧的水流，停泊在鮮花簇擁的小島岸邊。他們靜靜上岸，穿過花團錦簇、香氣四溢的植被，撥開一叢叢矮樹叢，一路走到平地上，來到一片翠綠得不可思議的小草坪。那裡環繞著大地之母親自孕育的果樹，包括酸蘋果樹、野櫻桃樹、黑刺李樹。

「就是這裡傳出我聽到的夢幻天籟，吹奏音符召喚我的源頭就在這裡。」恍恍惚惚的河鼠輕聲說。「就在這裡，在這個神聖的地方，如果祂真的存在於世上某個角落，絕對就是這裡，我們一定能找到祂。」

這時，鼴鼠忽然覺得一股巨大的敬畏之情湧上心頭，令他渾身肌肉無力，頭低低垂下，雙腳彷彿扎根在地上動彈不得。那感覺並非驚慌懼怕，反而是覺得無比平靜和快樂。這份敬畏猛烈襲上胸口，緊緊抓住鼴鼠的心。無須用雙眼確認，他心裡也明白，這代表某個莊嚴、崇高的存在就在附近，而且距離非常非常近。他使勁轉頭尋找朋友的身影，看見河鼠深受震撼，一臉惶恐站在旁邊，全身劇烈顫抖。許多常在周遭樹枝活動的小鳥，依然靜默無聲，天色也依然越來越亮。

雖然笛聲已經消失，召喚鼴鼠的呼聲仍然具有難以抵抗的強大威力。那聲音如此迫切，讓原本連抬頭看一眼都不敢的鼴鼠心生動搖。哪怕以凡人的雙眼去看那深深隱匿的東西，死神就會馬上奪去自己性命，他可能也心甘情願。鼴鼠全身打顫，順從那聲召喚，謙卑地抬起頭。在即將到來的破曉時分，眼前的景象無比清晰。大地之母滿臉通紅，散發斑斕的色彩，彷彿正屏氣等待重大時刻降臨。這一刻，鼴鼠與亦是朋友、亦是救星的牧神四目相交。他看到一對彎彎的角向後捲曲，在越發明亮的朝暉中閃閃發光；他看到那雙和善的眼正幽默地俯視他們，兩眼間的鷹勾鼻線條剛硬，下方嘴巴周圍留著鬍鬚，嘴角似笑非笑；他看到橫在寬闊胸膛上的那隻手臂，上頭的肌肉起伏，修長柔軟的手依舊握著剛從張開的雙唇鬆開的牧神之笛；他看到毛髮蓬亂的雙腿莊嚴而閒適地靠在草地上，展現絕美的曲線；最後，就在祂的雙蹄之間，他看到水獺寶寶小小圓圓又胖嘟嘟的稚嫩身子，靜靜依偎在那裡，安詳而滿足地酣睡。所有這些景象，在清晨天空的映襯下變得生動鮮明，一時之間令他屏息凝神。目睹這一切，他感覺自己是真的活著，而在他陷入這份活著的感悟時，又覺得一切很不可思議。

「河鼠！」鼴鼠喘過氣後，用顫抖的氣音說。「你害怕嗎？」

「害怕？」河鼠囈語，眼裡閃動著難以名狀的敬愛。「害怕？怕祂？噢，不不不，絕不！可是……可是……噢，鼴鼠，我好怕！」

接著，兩隻動物蹲伏在地，低頭敬拜。

忽然間，太陽的金色大圓盤從眼前的地平線升起，景象奇偉壯闊。最初幾道曙光射過平坦的漫水草地，直直照進眼眸，刺得他們睜不開眼。等到視線恢復，那幻象已經消失，只聽見小鳥歡呼黎明到來的歌聲在四周迴盪。

他們茫然凝視前方，慢慢意識到剛才所見的一切，以及剛才失去的一切，一種無聲的痛苦逐漸加劇。就在這時，一陣變幻莫測的微風在水面上翩然起舞，吹動了白楊，搖動露珠點點的玫瑰，輕輕吹拂過他們臉龐。隨著這輕柔的愛撫，他們瞬間忘記一切。這就是那仁慈的半神，在顯現真身幫助動物之後，謹慎賜予的最後也是最棒的禮物——名為遺忘的禮物。如此一來，便能避免那令人畏然的記憶在心中停留滋長，給歡笑與喜悅蒙上陰影，也能避免縈繞在心頭的深刻記憶，毀掉在逆境中獲得幫助並脫困的小動物往後的生活，好讓他們能像以前一樣過得開開心心、無憂無慮。

鼴鼠揉揉眼睛，睜大雙眼注視著河鼠，而一臉困惑的河鼠正在環顧四下。

「不好意思，河鼠，你剛剛說什麼？」他問。

「我應該只是在說，」河鼠話說得很慢。「這正是我們在找的地方。這裡最有可能找到小胖胖。快看！哎喲，小傢伙在那裡！」他高興地大叫一聲，跑向熟睡的小胖胖。

然而鼴鼠站在原地動也不動好一會兒，陷入沉思之中。他就像剛從美夢中驚醒，使勁回憶夢境卻一無所獲，只感覺到一種朦朧的美，好美，好美！直到這股餘韻也漸漸消散，做夢的人才滿腹苦澀，接受清醒後冰冷、煎熬的現實，並承擔所有代價。鼴鼠在回憶中掙扎一陣子後，難過地搖搖頭，隨即跟上河鼠的腳步。

小胖胖醒來時，愉快地啊啊叫了一聲。一看到爸爸的朋友，也就是以前常常陪他玩的兩位叔叔，他就開心地扭扭身子。可是轉眼之間，他又變得一臉茫然，發出嗚嗚咽咽的哀求聲，繞著圈子四處尋找。他就像在保母懷中酣然入睡的小孩，醒來後發現自己孤零零躺在陌生的地方，於是起身找遍每個角落，打開每個櫥櫃，從這間房間跑到那間房間，絕望卻在心中悄悄擴散。可就算是這樣，小胖胖仍在島上找了又找，尋了又尋，不知道什麼叫做放棄，也不知道什麼叫做疲倦，直到最後陷入絕望的谷底，才不得不認輸，坐在地上放聲痛哭。

鼴鼠趕緊跑過去安慰小傢伙，河鼠則是在一旁徘徊，疑惑地看著深深壓在草地上的蹄印，久久沒有移開目光。

「有什麼……很高大的動物……來過這裡。」他喃喃自語，每一個字都是經過仔細推敲才慢條斯理說出來。他站在原地苦苦思索再思索，內心莫名騷動起來。

「快過來，河鼠！」鼴鼠大喊。「想想可憐的水獺吧，他還在淺灘那邊苦苦等著呢！」

他們答應小胖胖，之後要讓他坐河鼠先生那條真正的小船，在河上遊覽一番。這個承諾很快就讓小胖胖的心情好起來。兩隻動物帶他走到水邊，把他穩穩安置在他們倆之間的船板上，接著搖起槳往滯水區下游划。此時太陽已經完全升起，暖融融地照在他們身上。小鳥敞開嗓子盡情歡唱，兩岸的鮮花對他們點頭微笑。可是也說不上來為什麼，他們總覺得眼前的景物少了些豐富絢麗的顏色，似乎跟記憶中最近在什麼地方看到的色彩有些落差——但到底在哪裡呢？

船隻返回主河道後，兩隻動物把船頭轉向上游，並按著他們知道的地點，朝好友正孤獨苦守的地方前進。接近那片熟悉的淺灘時，鼴鼠把船靠到岸邊，跟河鼠合力把小胖胖抱上岸，讓他在縴路上站穩腳步，並指示他要往哪裡走，接著親切地拍拍他的背道別，再把船擺回河中央。他們看著小傢伙搖搖晃晃沿著道路前進，看上去滿足又神氣。走著走著，小傢伙忽然翹起鼻子，加快腳步，原本搖搖晃晃的步伐突然變成笨拙的碎步，嘴裡還嗚嗚咽咽尖聲哀叫，身子左扭右扭，像是認出了什麼。他們抬頭往上游一望，看到默默蹲在淺灘耐心等待的水獺嚇了一跳，瞬間挺起身子，動作緊張而僵硬，緊接著還聽到他又驚又喜大叫一聲，連跑帶跳穿過柳樹衝到路上。鼴鼠握著一支槳使勁一划，把船掉了頭，任由高漲的河水帶他們順流而下。無論流水要帶他們到哪裡，他們的搜索任務現在已經畫下圓滿的句點。

「不知道為什麼，我覺得好累，河鼠。」鼴鼠說。他疲憊地靠在船槳上，放任小船隨水流漂流。「也許你會說，那是因為我們整晚沒睡，但那算不了什麼。

每年這個時候，我們每星期有三、四個晚上都通宵不睡，所以不是那個原因。這感覺就像經歷了什麼非常刺激卻又相當可怕的事，而且才剛結束不久，但明明沒什麼特別的事發生。」

「或者說是非常驚人、壯麗、美妙的事。」河鼠向後靠在椅背，閉上眼睛輕聲說。「我也有一樣的感覺，鼴鼠。只能用累得要命來形容，但又不是身體的累。幸好我們還有水流可以送我們回家。回到太陽的懷抱，讓溫暖的陽光滲入骨子，感覺真是美好。還有，你聽，風在蘆葦間追逐玩樂的聲音。」

「就像音樂……從遠方傳來的音樂。」鼴鼠半夢半醒點著頭說。

「我也這麼想。」河鼠像在夢境中慵懶無力地呢喃。「是舞曲……那種音調輕快活潑又不間斷的悅耳舞曲……但又交雜著歌詞……一下聽得見，一下聽不見……我只能斷斷續續聽到歌詞……現在又是舞曲了，又什麼都聽不到了，只剩蘆葦輕柔細語。」

「你的聽力比我好。」鼴鼠難過地說。「我聽不到歌詞。」

「我來複誦給你聽看看。」河鼠輕聲說，眼睛依然閉著。「現在又變成歌詞了……聲音微弱但很清楚……『為了不讓敬畏在心中生根……使歡笑嬉戲變為焦慮憂愁……在求助的時刻看見我的力量……但過後隨即遺忘！』蘆葦接著唱下去……『忘記吧，忘記吧』……那嘆息在簌簌細語中消失，然後歌聲又響起了……」

「『為了不讓你們四肢發紅綻裂……我解開設下的陷阱……當我鬆開天羅地網，或許你們會在那裡瞥見我……但最終你們必將遺忘！』划過去一點，鼴鼠，往蘆葦那邊！歌聲越來越微弱，太難聽清楚了。」

「『伸出援手，治癒傷痛，我心歡喜……小小流浪兒在潮溼的樹林中……我在那裡找到迷路的人，在那裡包紮傷口……命令他們全部遺忘！』近一點，鼴鼠，再近一點！不行，沒用了，歌聲已經慢慢消失，變成蘆葦的細語了。」

「但這歌詞是什麼意思？」鼴鼠困惑地問。

「這我就不知道了。」河鼠坦率回應。「我只是把我聽到的複誦給你聽。咦，那歌聲又傳來了，而且這次很完整，也很清楚！這下終於是真的了，絕對不可能聽錯，純粹、熱情、完美……」

「好，那說來聽聽。」鼴鼠在烈日下打瞌睡，耐心等了幾分鐘後說。

但河鼠沒有回應。他看了一眼，明白那陣沉默是怎麼回事。疲倦的河鼠臉上掛著幸福的笑容，再添上一抹傾聽的表情，沉沉睡去了。

8 蛤蟆歷險記

蛤蟆意識到自己真的被關進陰冷潮溼又惡臭沖天的地牢，也認清了這座陰森黑暗的中世紀古堡，已將他跟外面的世界隔絕。外頭陽光普照，碎石路鋪得平平整整，不久前他還在路上笑得合不攏嘴，玩得十分過癮，彷彿他買下了全英國每一條路。然而這會兒，他攤開四肢，趴倒在地上，一把鼻涕一把眼淚，把自己丟入絕望的深淵。「全部都完了，」他說。「至少，蛤蟆的人生大業完了，說到底都一樣啦！人緣好又英俊瀟灑的蛤蟆，有錢又好客的蛤蟆，自由自在、無憂無慮、風度翩翩的蛤蟆啊！我憑什麼奢望被放出去？」他說。「我可是明目張膽偷了那麼漂亮的車，說了一堆不堪入耳又荒唐誇大的話，侮辱一群滿肚子肥肉的警察，把他們氣得滿臉漲紅。被關進大牢，是罪有應得！」說到這裡他哽咽了一下。「我就是隻沒腦的畜生，」他說。「現在我只能在地牢裡受盡折磨，一直關到那些以認識我為榮的動物，連蛤蟆這個大名都想不起來。噢，睿智的老獾！」

他說。「噢，聰明伶俐的河鼠，還有懂事的鼴鼠啊！你們的判斷多麼準確，對人事物的瞭解多麼徹底！唉，被拋棄的不幸蛤蟆！」一連好幾個星期，他日日夜夜都在諸如此類的唉聲嘆氣中度過，既不吃正餐，也不吃正餐之間的點心。沉著臉的老獄卒知道蛤蟆口袋塞滿了錢，三不五時就明示說，只要蛤蟆肯多給點錢，就可以從外面安排很多舒適的好東西送進來，連上等的好貨也沒問題，但蛤蟆還是無動於衷。

話說回來，那位獄卒有一個正值妙齡的女兒，她為人親切，心地善良，常來幫爸爸做些簡單的工作。她非常喜歡動物，養了一隻金絲雀、幾隻花斑老鼠，以及一隻轉個不停的松鼠。白天，她把金絲雀的籠子掛在古堡主樓大牆的一根釘子上，鳥叫聲把那些喜歡午餐後小睡片刻的囚犯煩得要死；晚上，她拿椅子的靠背巾把籠子罩起來，放到廳裡的桌子上。有一天，這位好心的少女因為同情蛤蟆的悲慘處境，跑去跟爸爸說：「爸爸，我不忍心看那隻可憐的動物愁眉苦臉，消瘦那麼多。把他交給我來管吧。你也知道我有多喜歡動物。我會餵他吃東西，讓他坐起來做各式各樣的活動。」

爸爸回說，她想怎麼處理蛤蟆都可以。老獄卒早就對蛤蟆心生厭倦，討厭他愛生悶氣，態度傲慢，個性吝嗇。於是獄卒的女兒當天便抱著仁慈之心，敲了敲蛤蟆牢房的門，向他伸出援手。

「打起精神吧，蛤蟆。」她一進門就先哄蛤蟆。「坐起來，把眼淚擦乾，懂事一點。吃幾口看看吧。你看，我給你帶了些我的午餐，剛出爐的，還熱著呢！」

兩個盤子上下疊起，中間夾著甘藍菜煎馬鈴薯，香氣瀰漫狹小的牢房。甘藍菜的香氣鑽進蛤蟆的鼻子，讓原本趴在地上痛苦不堪的蛤蟆，忽然覺得生活也許不像他想的那麼空虛絕望。但他還是繼續哀號，兩腿不停亂踢，拒絕接受安慰。少女很聰明，決定暫時離開，不過熱菜的香氣當然沒有跟著消失，而是殘留在牢房。蛤蟆一面啜泣，一面吸鼻子，腦袋也開始轉動，心中漸漸出現一些讓心情好轉的奇思妙想。他想到行俠仗義、創作詩歌等等有待他寫下的功績；想到在太陽直曬下的遼闊草地上，陣陣微風吹過，牛群在上頭悠哉吃草；想到自家果菜園，筆直的花壇，暖洋洋的金魚草被蜜蜂包圍；想到在蛤蟆莊園餐桌上擺放碗碟時，那清脆悅耳的叮噹聲，以及大家坐定位把椅子挪近餐桌，椅腳摩擦地板發出的聲音。狹小的牢房染上幾分樂觀的色彩。他想起那些朋友，認為他們一定能想些法子；他想到律師，認為律師替他的案子辯護一定會覺得樂趣無窮，而他當初居然蠢到沒聘幾個來。最後他想到自己強大的聰明才智，認為只要他動一下那非凡的頭腦，能辦到的事可多著呢。想著想著，他的憂傷苦悶幾乎痊癒了。

幾個小時後，少女端著一個托盤回來，上面放著一杯香氣撲鼻的熱茶和一盤疊得高高的厚切奶油吐司。吐司熱騰騰的，兩面都烤得焦焦脆脆，融化的奶油順著吐司的氣孔大滴大滴流下，每一滴都閃著金黃的色澤，宛如從蜂窩中流淌出來的蜜液。奶油吐司的香氣就像在對蛤蟆說話，那聲音一清二楚，先聊起暖和的廚房，在結霜的明媚早晨享用早餐，再說到冬天晚上散步後，舒舒服服坐在客廳壁爐前，把穿著拖鞋的腳擱在爐邊的圍欄，之後又說起心滿意足的貓咪打呼嚕，昏昏欲睡的金絲雀啾啾叫。蛤蟆再次坐直身子，擦乾眼淚，啜了口茶，大聲嚼起吐司，過沒多久便滔滔不絕聊起他自己、他住的房子、他的生活起居，還有他是哪號大人物，朋友又有多看重他。

獄卒的女兒察覺這個話題提振了蛤蟆的精神不少，效果簡直媲美喝茶，於是鼓勵他繼續說下去。

「跟我說說蛤蟆莊園的事吧。」她說。「那裡聽起來很美。」

「蛤蟆莊園，」蛤蟆一臉驕傲地說。「是給上流士紳住的理想宅第，獨門獨戶，非常別緻。莊園有部分是在十四世紀興建的，不過現在配有各式各樣的現代化設備，非常方便，像衛浴設備就是最新的。它離教堂、郵局、高爾夫球場只有五分鐘路程，很適合……」

「老天保佑喔，」少女笑著說。「我又沒有要買。我想聽的是在莊園生活的實際情景，但你先等一下，我再給你拿些茶和吐司。」

她輕快地走了出去，不一會兒又端了一盤新的回來。蛤蟆一臉饞樣埋頭大嚼特嚼，差不多恢復了以往的活力。他一邊吃，一邊跟少女講起船庫、魚池、古老圍牆內的果菜園，還聊到豬圈、馬廄、鴿舍、雞舍，也說到製乳場、洗衣房、瓷器櫃、織品櫃（少女這部分聽得格外起勁），又講到宴會廳，描述其他動物圍坐在桌邊時，他如何使出渾身解數放聲高歌以及講故事，跟大家打打鬧鬧，每隻動物都玩得不亦樂乎。說到這裡，少女想多瞭解他那些動物朋友，蛤蟆忍不住大談他們怎麼過日子，怎麼打發時間，每一件關於他們的事，少女都聽得津津有味。當然啦，少女沒有說她是把動物當寵物來喜歡，因為聰明的她很清楚，這話一說出口，蛤蟆一定會氣得火冒三丈。她幫蛤蟆裝滿水壺，把乾草撥鬆，然後說了聲晚安便離開。這時蛤蟆已經恢復從前樂觀、自滿的模樣。他唱了一兩首以前常在宴會上高歌的曲子，然後蜷縮在乾草上，睡得又香又甜，做了最開心的美夢。

這天之後，他們聊了很多有趣的話題，度過一天又一天枯燥的日子，而獄卒的女兒也越來越同情蛤蟆的處境。在她看來，這隻可憐的小動物不過是犯了微不足道的小錯，竟然就被打入大牢，實在太不公平了。至於虛榮心作祟的蛤蟆，自然一廂情願認為少女對他日久生情，自以為那份關心背後是日漸昇華的柔情。然而一想到他們倆在社會地位上的鴻溝，蛤蟆就不由得覺得有些遺憾，畢竟少女長得很標緻，而且明顯非常仰慕他。

有天早上，少女看起來心事重重，回話時心不在焉。蛤蟆覺得少女沒有專心聽他妙語如珠，也沒認真聽他機智幽默的評論。

「蛤蟆，」沒多久後她開口說。「拜託你安靜聽我說，我有位阿姨是洗衣婦。」

「沒事，沒事，」蛤蟆親切禮貌地說。「不要緊，別多想了。我有好幾個阿姨本來都該去當洗衣婦的。」

「暫時別說話，蛤蟆。」少女說。「你最大的毛病就是話太多。我在想事情，你卻吵得我頭都痛了。我剛剛說，我有位阿姨是洗衣婦，負責替這座城堡裡所有囚犯洗衣服——你懂的，這種有錢賺的工作，我們都想辦法留給自家人。她每個星期一早上把要洗的衣服帶出去，星期五晚上送回來。今天是星期四。聽好了，我想到一個點子。你那麼有錢，起碼你每次都跟我這麼說，而她那麼窮。幾英鎊對你不算什麼，對她卻是一大筆錢。是這樣的，我在想，要是你能跟她打好關係——你們動物應該是說『打通關係』——也許就能安排一下，讓她把自己的衣服和有綁帶的軟帽之類的都給你，你就能扮成城堡雇用的洗衣婦逃出去。你們很多地方都很像，尤其是身材。」

「像什麼像！」蛤蟆氣急敗壞地說。「就我們蛤蟆而言，我的身材曲線可優美了！」

「我阿姨也是啊，」少女回他說。「就洗衣婦而言，她的身材可好了。算了，隨便你。你這可惡、傲慢、不知感恩的傢伙，虧我還同情你，想助你一臂之力。」

「對對對，妳說的是，真是太謝謝妳了。」蛤蟆連忙回應。「但聽我說，妳不會當真要叫蛤蟆莊園的大莊主蛤蟆先生喬裝成洗衣婦，在鄉下跑來跑去吧？」

「那你就留在這裡當你的蛤蟆。」少女激動地說。「我看你是想要四匹駿馬給你拉車坐出去！」

蛤蟆個性坦率，隨時都願意認錯。「妳是仁慈、善良、聰明的好女孩，」他說。「而我的確是又傲慢又愚蠢的蛤蟆。還請勞煩妳把我介紹給妳那位得人敬重的阿姨。我相信，我和那位蕙質蘭心的夫人，一定能商量出雙方都滿意的條件。」

第二天晚上，少女把阿姨領進蛤蟆的牢房，帶著用別針別住的毛巾包，裡面裹著這星期幫蛤蟆洗好的衣服。老太太已經事先為這次見面做好準備，而蛤蟆也考慮得相當周全，提前在桌上顯眼的位置放了幾枚金幣。老太太一看到這些金幣，交涉基本上就大功告成，幾乎沒什麼要再商量的。蛤蟆用錢換來一件印花棉長袍、一條圍裙、一條披肩、一頂老舊的黑色軟帽。老太太提出的唯一條件，是用布塞住她的嘴巴，把她綁起來丟到角落。她解釋說，雖然整件事看起來很可疑，塞嘴巴、丟角落的把戲也不太能讓人信服，但她還是希望利用這個手法，輔以她編得天花亂墜的謊話，幫自己保住飯碗。

蛤蟆對這個提議很滿意，因為這樣一來，他就可以風風光光離開監獄，絲毫不損他狂暴危險分子的威名。他毫不猶豫立刻幫獄卒女兒的忙，盡可能把她阿姨塑造成不可抗力的受害者。

「現在輪到你了，蛤蟆。」少女說。「把外套和西裝背心脫掉，你已經夠胖了。」

她笑得花枝亂顫，同時幫蛤蟆穿上印花棉長袍，把鉤眼扣扣上，然後熟練地把披肩摺好，給蛤蟆披上，再把老舊軟帽的綁帶在下巴繫好。

「你跟她簡直是一個模子刻出來的。」她咯咯笑出聲。「不過我敢肯定，你這輩子從來沒這麼端莊過。好啦，蛤蟆，再見，祝你好運。順著你進來的路往回走就可以了。要是有人跟你搭話——男人嘛，十之八九會這麼做——你當然可以開幾句玩笑回應。但要記住，你的身分是孑然一身活在世上的寡婦，可不能壞了名聲。」

蛤蟆抱著一顆忐忑不安的心，鼓起勇氣邁出堅定的腳步，小心翼翼展開看似最草率、最危險的行動。不過，讓他喜出望外的是，出發沒多久，他就發現一切進展得順風順水。只是，一想到他這一路上的好人緣，以及帶來這份好人緣的性別，實際上都不歸他所有，不禁有些感嘆。洗衣婦身上那件人人熟悉的印花棉袍，以及衣服底下的矮胖身材，堪比一張活生生的通行證，帶他通過一道又一道上了門閂的小門和陰森森的大門。哪怕在他猶豫不決，不確定該往哪邊轉彎的時候，下一道大門的守衛也自然會幫他從困境中脫身。那些守衛急著去吃茶點，命令他趕快通過，省得他們在門邊等上一整晚。別人對他開的玩笑和說的俏皮話，想當然他回話時必須拿捏得當，隨機應變。果不其然，應對這些話成了他最大的危機。畢竟蛤蟆是自尊心很強的動物，（在他眼裡）那些玩笑話多半低俗拙劣，俏皮話也毫無幽默可言。儘管如此，他還是非常努力忍住自己的脾氣，以符合對方和自己偽裝身分的方式回應，盡量注意應有的分寸，不要把話說得太過。

感覺過了好幾個小時，他才通過最後一個院子，婉拒了最後一間守衛室的盛情邀約，躲過了最後一位守衛張開的雙臂。那位守衛假惺惺地哀求來個臨別擁抱，不過還是被蛤蟆躲開了。最後好不容易，他才聽到古堡大門旁邊的小門在身後哐啷一聲關上，感覺到外面世界的新鮮空氣拂過他焦慮的腦門。他知道，他自由了！

這場大膽的冒險輕輕鬆鬆取得成功，讓蛤蟆興奮得有些暈頭轉向。他快步朝小鎮的燈光走去，完全沒想好下一步該怎麼做。唯一確定的是，他被迫扮成的那位老太太，在這附近是家喻戶曉又大受歡迎的一號人物，所以他必須加緊腳步離開這一帶。

他一邊走，一邊想，忽然注意到不遠處有紅綠燈在小鎮邊上閃爍，還聽到火車頭噗噗噴氣，以及車廂在軌道上調動的撞擊聲。「啊哈！」他心想。「真幸運！現在我在世界上最需要的就是火車站，更巧的是，居然可以直接走過去，不用穿過小鎮，也不用耍什麼花腔假扮成這個丟人現眼的洗衣婆。耍花腔是很有用啦，但太傷自尊了。」

於是他走到火車站，看了一下時刻表，發現半小時後有一班火車大致往他家的方向開。「好運連連呢！」蛤蟆說，他的精神迅速高漲，馬上走到售票處買火車票。

他想了想以蛤蟆莊園為地標的村子是哪一座，再憑自己所知，把距離村子最近的站名告訴售票員，接著反射性把手伸進平常背心口袋的位置掏錢，完全忘記一路上恪盡職守陪他走過來的是那件棉長袍。他過河拆橋把人家忘記，這會兒那件長袍插手阻礙，讓他的努力落空。蛤蟆感覺自己就像掉入惡夢中，被詭異的怪東西抓住雙手，就算他苦苦掙扎，使出全力，所有努力仍化為泡影，而那怪東西還不停嘲笑他。在他後面排成一列的旅客等得不耐煩，有的朝他拋出算是有點用的建議，有的丟出多少有些刻薄卻很中肯的批評。後來他也搞不清楚是怎麼回事，就莫名其妙成功突破阻礙，達成目標，摸到所有背心一定會縫製口袋的地方，結果發現那裡不光沒有錢，還沒有裝錢的口袋，連縫著口袋的背心都沒有！

他在驚恐之中，想起他把外套和背心，連同裝在裡頭的皮夾、錢、鑰匙、手錶、火柴、鉛筆盒，全部留在牢房。就是這每一樣東西，讓生活有了意義，讓有許多口袋的動物化身造物主，跟那些只有一個或沒有口袋的低等動物區隔開來。那些低等動物只會到處亂跑亂跳，赤手空拳面對人生的真實競賽。

內心痛苦不堪的蛤蟆決定孤注一擲，設法突破困境。他擺出以前那種架式十足的模樣，以又像大地主又像知名大學老師的架式說：「聽著，我忘記帶錢包了，可以直接把那張票給我嗎？我明天就把錢送來。我在這一帶可出名了。」

售票員盯著他和他那頂老舊的黑色軟帽看了一會兒，然後放聲大笑。「要是妳常耍這種把戲，」他說。「在這一帶想不出名都難。唉，請離開窗口，太太，妳擋到其他乘客了。」

一位老紳士朝他背後戳了好一陣子，這會兒直接一把推開他，更要不得的是，他還叫蛤蟆「良家婦女」。連同今晚到現在發生的所有事，最令蛤蟆火大的非這件莫屬。

他想不通事情怎麼會走到這個地步，所有希望統統破滅。他漫無目的沿著火車停靠的月臺往前走，任憑淚水沿著鼻子兩側一滴一滴流下。他心想，眼看就要脫離險境，離家只差一步，卻因為少了區區幾先令臭錢，加上那些領錢做事的站務員死活不相信他，咬著雞毛蒜皮的小事不放，害他的計畫落空。這一路走來實在太坎坷了。監獄那邊很快就會發現他逃獄，派人來追捕他，把他擒拿到手，辱罵一頓，戴上鐐銬拖回監獄，逼他再次過上靠麵包、開水和乾草過活的苦日子，而且看守他的獄卒和刑罰一定會加倍。天啊，那少女一定會挖苦他一番！怎麼辦？他腳程不快，倒楣的是身材又很好認。難道他就不能擠到火車座位下面藏起來嗎？他看過一些學生把煞費苦心的父母給的旅費，挪用到其他更好的地方，結果沒錢坐車就要這一招搭霸王車。就在他苦苦思索的時候，忽然發現自己正對著火車頭。一位身材魁梧的司機正一手提著油壺上油，一手拿著一團廢棉花擦擦抹抹，輕輕撫拭整部機器，認真保養火車。

「妳好，太太！」司機說。「出什麼事了？妳看起來不太開心。」

「唉，先生！」蛤蟆又哭了起來。「我就是個不幸的可憐洗衣婦。我把錢全弄丟了，沒錢買車票，偏偏我今晚非回家不可，不知道該怎麼辦才好。噢，天啊，天啊！」

「的確很不走運。」司機若有所思地說。「錢丟了……回不了家……家裡還有幾個小孩在等妳，對吧？」

「一大群呢。」蛤蟆抽抽噎噎地說。「他們會餓肚子……玩火柴……打翻油燈，那群天真無邪的小不點……還會吵架，製造更多麻煩。噢，天啊，天啊！」

「這樣好了，我想到一個辦法。」好心的司機說。「妳說妳專門幫人洗衣服，很好，就當是這樣。妳也看到了，我是火車司機。不得不承認，這工作會弄得全身髒兮兮。我常常穿髒一大堆衣服，老婆洗到都煩了。如果妳到家後肯幫我洗幾件再送過來，我就讓妳搭便車。雖然這違反公司規定，但這一帶很偏僻，我們也沒抓那麼嚴。」

愁眉苦臉的蛤蟆頓時欣喜若狂，三步併作兩步爬上駕駛室。不用說也知道，蛤蟆根本一件衣服也沒洗過，而且就算有心想洗也沒那個能耐。但說實在的，他也沒有打算要洗，只是心想：「等我平安回到蛤蟆莊園，又有錢可花，還有可以裝錢的口袋，我再寄一筆錢給他，那些錢就夠他把一大堆衣服拿去送洗。這樣做意思也一樣，說不定還更好。」

列車長揮動發車的旗子，司機拉響快樂的汽笛回應，火車便駛出車站。隨著車速加快，蛤蟆看到真正的田野、樹木、樹籬、牛群、馬匹，從他左右兩側呼嘯而過。想到每過一分鐘，他就離蛤蟆莊園近一點，想到同情他的朋友，想到口袋裡的錢叮噹作響，想到有柔軟的床可睡，有美食可吃，想到可以當眾講述他的冒險和聰明才智，得到讚美和欽佩，他就忍不住跳上跳下，亂吼亂叫，時不時還唱起歌來。蛤蟆這副模樣把司機嚇了一大跳，雖然他不常碰到洗衣婦，但以前好歹也遇過幾位，可從來沒有見過像眼前這樣的。

火車開了很長一段路，蛤蟆已經在想回家後要吃什麼晚餐。他忽然注意到司機一臉困惑，彎著身子探出車頭，側耳傾聽。後來他又看到司機爬到煤堆上，越過車頂往後遠眺，然後爬下來對他說：「真奇怪，我們是今晚走這條路線的末班車，但我敢發誓，我聽到有另一班車跟在後面。」

蛤蟆瞬間停下瘋瘋癲癲的動作，臉色變得凝重而憂鬱。他的脊椎下部隱隱作痛，疼痛蔓延到雙腿，讓他想一屁股坐下，腦袋拚命忍住不去想所有可能發生的事。

這會兒皎潔的月光照亮了大地，司機在煤堆上穩住身子，已經可以清楚遠眺後方的鐵路。

過沒多久司機大喊：「這下我看清楚了！那是火車頭，跟我們開在同一條鐵軌，朝我們火速開過來，看起來在追我們！」

慘兮兮的蛤蟆蹲在煤堆中，絞盡腦汁在想辦法，結果卻苦無對策，只能哭喪著臉。

「他們快追上來了！」司機大聲說。「車上擠滿最古怪的一群人。有的像古代的監獄守衛，揮著斧槍；有的是戴著鋼盔的警察，晃著警棍；有的人衣服破爛、頭戴盆帽，就算隔這麼遠，還是一眼就能認出是便衣刑警，他們揮著左輪手槍和手杖。所有人都在揮著手中的武器，高喊同一句話：『停車！停車！停車！』」

蛤蟆在煤堆裡跪下，高舉緊握的雙手，苦苦哀求說：「救救我，慈悲心腸的司機先生，救我一命吧！我願意坦承一切。我不是表面上那個普通的洗衣婦，也沒有什麼小孩在家等我，管他們天不天真，反正沒有小孩就對了。我是隻蛤蟆，就是那位大名鼎鼎又廣受歡迎的蛤蟆先生，是個大地主。我那些仇人把我扔進可怕的地牢，而我憑著過人的膽識和智慧，剛從監獄逃出來。現在火車頭上那些傢伙要是又抓到我，可憐、不幸、無辜的蛤蟆就要再次戴上鐐銬，吃麵包配白開水，睡在乾草堆上，再一次墜入悲慘的世界。」

司機低頭看著他，目光十分嚴厲，開口問：「說實話，你為什麼被關進監獄？」

「不是什麼大不了的事。」可憐巴巴的蛤蟆說，臉忽然漲得通紅。「我只是在車主吃午餐的時候，借開一下汽車。他們那時候又用不到車。我不是故意要偷車，真的，可是大家，尤其是那些治安法官，竟然把這種心血來潮的粗心舉動看得那麼嚴重。」

司機臉色十分嚴肅地說：「恐怕你真的是一隻壞心的蛤蟆。照理說，我應該把你交給法律制裁。不過你現在顯然陷入天大的麻煩，心裡非常痛苦，我不會見死不救。一來，我不喜歡汽車；二來，我不喜歡開火車的時候，有警察對我指手畫腳。再說，每次看到動物淚眼汪汪，我心裡就怪怪的，心腸也跟著軟了下了。所以振作起來吧，蛤蟆！我會盡全力幫你，我們還有機會打敗他們！」

他們倆拚命把煤炭鏟進鍋爐，爐子轟隆作響，火花飛濺，車頭上下震動，左右搖晃，然而在後頭追趕的人馬還是慢慢逼近。司機嘆了口氣，用廢棉花擦了擦額頭後說：「恐怕這樣只是白費力氣，蛤蟆。你看，他們車子輕，跑得快，車頭還更精良。只剩一個辦法了，這是你唯一的機會，所以仔細聽我說。前方不遠處有一條很長的隧道，出了隧道會經過一片濃密的樹林。聽好了，在隧道裡面，我會加足火力讓火車全速衝刺。後面那些人怕出事故，自然會稍微放慢。出隧道後，我會關閉氣閥，使勁剎車。確定可以安全跳車之後，你得趁他們出隧道看到你之前，抓緊時間跳下去，躲進樹林。然後我會再次全速前進，他們想追我就放馬過來，追多久、追多遠都隨他們高興。現在注意了，先準備好，我叫你跳就跳！」

他們又添了更多煤炭，火車衝進隧道，車頭轟隆轟隆，嘎啦嘎啦，急速狂奔。過了一會兒，他們總算衝出隧道，進入清新的空氣和平靜的月光之中，看見黑壓壓的樹林在鐵軌兩旁展開，準備供蛤蟆脫困。司機關閉氣閥，啟動剎車，同時蛤蟆走下臺階。等火車減速到幾乎跟走路速度相當時，蛤蟆聽到司機大喊一聲：「就是現在，跳！」

蛤蟆縱身一跳，滾下一小段路基，安然無恙爬起來後，手腳並用快速爬進樹林藏身。

他從枝葉的縫隙往外窺視，只見火車又加快速度，飛快消失在視野中。緊接著，那輛追趕的車頭衝出隧道，鳴著汽笛，呼嘯前進。車上雜七雜八的人揮著各式各樣的武器，大聲嘶吼：「停車！停車！停車！」他們開過之後，蛤蟆捧腹大笑。這是他入獄以來第一次笑得這麼痛快。

但是過沒多久，他就笑不出來了。他意識到現在已是深夜，天又黑又冷，而他身在一片陌生的樹林，身上沒錢，也不可能有晚餐吃，朋友和住家依舊遠在天邊。火車嘎啦嘎啦呼嘯而過後，周圍陷入一片死寂，讓他有些心驚膽戰。他沒有膽子離開藏身的樹叢，只好往樹林裡鑽，想著離身後的鐵路越遠越好。

一連關在監獄高牆內那麼多星期，他不由得覺得樹林散發一股陌生又帶有敵意的氣息，還覺得這地方有意捉弄他。夜鷹單調的啼叫聲，在他聽來就像搜捕他的監獄守衛遍布在樹林中，朝他一步步逼近。一隻貓頭鷹悄無聲息襲向他，翅膀掠過他的肩頭，嚇得他跳了起來，深信那一定是一隻手。那貓頭鷹還像飛蛾一樣輕快飛過，發出「呵！呵！呵！」的低沉笑聲，讓蛤蟆覺得很沒水準。又有一次，他遇到一隻狐狸。狐狸停下腳步，擺出一副嘲笑的嘴臉，上下打量他後說：「喂，洗衣婆！這星期少了一隻襪子和一個枕頭套，記住別再出這種錯了！」說完他就哧哧笑著大搖大擺走開。蛤蟆左看右看，想找石頭丟他，卻連一顆也沒找到，氣得他暴跳如雷。走到後來，他又冷又餓，體力見底，只好找一棵空心樹躲進去，用樹枝和枯葉盡量幫自己鋪一張舒服的床，就這樣熟睡到天亮。

9 天涯旅人

河鼠煩躁不安，但要說為什麼，他也說不出個所以然。表面上，夏天絢麗多彩的盛景依然處於巔峰時期。雖然耕地的油綠已經讓位給金黃，花楸樹漸漸轉紅，樹林裡許多地方已經抹上濃烈的黃褐色，不過陽光、暖意和五顏六色的景緻仍然沒有褪去，完全沒有寒天即將到來、一年即將結束的跡象。儘管如此，原本在果園和樹籬裡日以繼夜演出的合唱表演，現在已經減少，只剩寥寥幾位不知疲倦的演唱家偶爾獻唱一曲晚禱歌，知更鳥則再次大展歌喉[14]。空氣中瀰漫一股變遷與離別的氣息。布穀鳥自然早已靜默無聲，可就連其他羽毛界的朋友，明明這幾個月以來一直是這片熟悉風景的一部分，亦是當地小小社會的成員，但現在許多朋友也消失無蹤，鳥群看上去一天比一天單薄。河鼠一向十分留心所有小鳥的

14　夏天的知更鳥因忙著哺育幼鳥而停止鳴唱，秋天來臨才再次高歌。

動靜，注意到他們每天一點一點往南飛。即使晚上躺在床上，他也覺得可以聽到上空心急的小鳥，聽從不可抗力的召喚，在黑幕籠罩之下撲撲振動翅膀，飛過夜空。

大自然經營的大飯店和其他飯店一樣，也有淡旺季之分。旅客一位接一位收拾行李，結帳離開。每吃完一餐，飯店餐廳的椅子就收掉一些，景象冷清可憐。套房一間間上鎖，地毯被捲起來，服務生被一一解僱。那些待到明年全面重新開張的長住旅客，看著其他客人紛紛轉身告別、遠走高飛，聽他們熱烈討論往後的計畫、路線、新住處，眼見自己的同伴一天天流失，內心不免會受到一些影響，變得心浮氣躁、悶悶不樂，忍不住發牢騷。

「為什麼那麼渴望改變？為什麼不跟我們一樣，安安靜靜待在這裡，開開心心過日子？你們不瞭解這家飯店淡季的模樣，也不知道我們這些留下來的動物，怎麼一起度過充滿樂趣的四季，享受多麼快樂的時光。」每次這麼問，他們總是回答：「一點也沒錯，你說的千真萬確。我們很羨慕你們，說不定哪一年我們也會留下，但現在我們有約在身，巴士在門口等了，是時候上路了。」於是，他們笑著點了點頭，轉身離去，留下我們在原地思念，氣惱萬分。河鼠是自給自足的動物，扎根在這片土地上，不管誰離開，他都會留下。雖然是這樣，他不免還是注意到四周的氣氛，自然而然受到一些感染。

在熙熙攘攘的遷徙浪潮中，很難靜下來專心做事。河邊的燈心草在水裡長得又高又密，河流的水位漸漸降低，流速變得緩慢。河鼠離開岸邊，散步到鄉間，穿過一兩座看上去塵土飛揚、草地乾枯的牧場，深入一片廣闊如海的金黃麥田。那裡麥浪蕩漾，簌簌作響，一搖一擺間充滿了平靜的氣息和呢喃的細語。他喜歡漫步到這個地方，時不時就走來這邊，穿過那些挺拔、粗壯的麥稈，彷彿走入一片森林。麥稈撐起成串的麥穗，在他頭頂上方鋪展一片金色天空。那片天總是悠然起舞，閃爍柔和的光芒，說起話來輕聲細語，有時隨風翻騰搖曳，過後又把頭一甩，開心大笑一聲，恢復原來的模樣。在這裡，河鼠結識許多個子嬌小的朋友。那些朋友自成一個完整的社會，生活充實而忙碌，不過總有一點閒暇時間可以跟客人聊聊天，交換一些消息。可是今天，田鼠和巢鼠雖然還是很客氣，聊起天來卻好像心不在焉。他們很多成員都忙著挖通地道，有些則三三兩兩圍在一起，研究小房子的設計和草圖，在圖上勾勒出令人嚮往的小巧房屋，位置就坐落在商店街附近，相當便利。有的田鼠和巢鼠拖出積了厚厚灰塵的大皮箱和收衣籃，有的已經忙著打包行李。隨處可見一堆又一堆、一捆又一捆的小麥、燕麥、大麥、山毛櫸果實和各種堅果，隨時準備運走。

「河鼠兄來啦！」他們一見到河鼠就大喊。「快過來幫忙，河鼠，別站在那裡閒著！」

「這是在搞哪齣？」河鼠皺起眉頭問。「你們應該明白，現在還不到替冬天住處操心的時候，還早著呢！」

「是沒錯，我們明白，」一隻田鼠滿不好意思地解釋。「不過早點準備總是沒錯嘛，對不對？我們必須趁那些嚇人的機器在田裡咔噠咔噠運轉起來之前，把所有家具、行李、存糧搬走。而且你也知道，現在一等一的好房子很快就會被租光。要是晚別人一步，不管房子是什麼鬼樣子，也只能硬著頭皮住下去。何況新房子還得大肆整修一番，才能舒舒服服搬進去。我們當然明白現在有點早，但也才剛開始準備而已。」

「吼，什麼開始不開始的，聽了就煩。」河鼠說。「天氣那麼好，一起去划船，或是沿著樹籬散步，不然在樹林野餐之類的也好。」

「這個嘛，我想今天先算了，謝謝。」田鼠連忙拒絕。「改天吧，等我們比較有空的時候……」

河鼠輕蔑地哼了一聲，拍拍屁股轉身離開，結果被一個帽盒絆倒在地，嘴裡咒罵了幾句不得體的話。

「大家要是小心一點，」一隻田鼠冷冷地說。「走路看路，就不會弄傷自己，也不會失態。河鼠，小心，那邊有行李袋！你最好先找個地方坐下。再過一兩個小時，我們應該就比較有空陪你。」

「我看啊，在聖誕節以前，你們嘴上那些『有空有空』都是沒空。」河鼠一面氣呼呼地反駁，一面留意腳下的障礙物走出麥田。

他抱著一顆有些落寞的心，再次來到河岸，重回他忠心又穩重的老河身邊。他的河從不打包行囊，從不遠走高飛，也從不搬到別處過冬。

他在岸邊的垂柳之間，注意到一隻燕子待在那裡。不久後又飛來了一隻，然後又有一隻加入。三隻燕子在枝頭蠢蠢欲動，低聲熱烈交談。

「怎麼，時間到了？」河鼠慢慢走到他們面前。「有什麼好急的？簡直太荒唐了。」

「咦，你是指我們走的時間到了嗎？還沒到呢。」第一隻燕子回答。「我們只是在定計畫和安排事情。你懂的，討論一下今年要飛哪條路線、要在哪裡休息之類的。這可是很好玩的！」

「好玩？」河鼠說。「我就是不明白這一點。如果你們非得離開這片樂土，離開那些會想念你們的朋友，離開剛剛安頓下來的舒適家園，那麼我相信等時間一到，你們就會勇敢踏上旅程，面對所有困難、不安、變化和陌生事物，裝出一副心情還不錯的樣子。但是，都還沒到真正要離開的時候，就想先討論，甚至先設想……」

「你當然不明白。」第二隻燕子說。「我們是先感覺到有一股甜蜜的騷動在內心鼓噪，接著往事一點一滴回到記憶中，像一隻隻知途返家的信鴿。他們晚上撲打翅膀在我們夢中飛翔，白天陪我們一起在空中盤旋。那些早就忘記的地方，它的氣味、聲音和名字，一一回來召喚我們，促使我們迫不及待互相詢問，交換意見，確定一切百分之百是真的。」

「你們今年就不能留在這裡嗎？」難過的河鼠提議說，但他很清楚這不可能。「我們大家會盡力讓你們過得舒適自在。你們遠在他方的時候，根本不曉得我們在這裡過得多開心。」

「有一年我試著留下來。」第三隻燕子說。「當時我越待越喜歡這裡，所以到了該離開的時候，我猶豫了一下，決定讓其他燕子先出發。前幾個星期一切都很好，但後來，天啊，夜晚又長又無聊。白天見不到太陽，冷得我直發抖。空氣冰冷潮濕，田裡一條蟲也沒有！沒辦法，這樣下去不行。我打退堂鼓，在一個下暴風雪的寒冷夜晚，拍拍翅膀出發，靠著強勁的東風，在內陸飛得很順利。飛過重重高山隘口時，天空刮著狂風暴雪，我費盡千辛萬苦才成功通過，在那場硬仗中取得勝利。雖然如此，但我永遠不會忘記，在我朝湖面俯衝的時候，炎熱的太陽再次照到我背上的感覺多麼幸福，底下的湖水又多麼藍、多麼平靜。我也不會忘記，當時吃到的第一隻蟲多麼肥美。過去就像一場惡夢，未來天天都是快樂的假期。一連幾個星期，我不停往南飛，輕輕鬆鬆、從從容容，只要我有那個膽，想在路上逗留多久就多久，不過我時時刻刻都注意傾聽那個召喚。我已經嘗到教訓，再也不敢違抗它。」

「啊，是啊，南方的召喚，南方啊南方！」另外兩隻燕子出神地啁啾鳴叫。「南方的歌曲，南方的色彩，南方歡天喜地的氣氛！噢，你們還記得……」他們忘了河鼠的存在，沉浸在細數往事的回憶之中，心情十分澎湃。河鼠聽得入迷，心中燃起一把烈火。他自己也知道，那根沉睡至今而且無人察覺的心弦，現在終於顫動起來。光是聽這些往南飛的燕子聊天，聽他們無法媲美現實情景的二手轉述，就足以喚起這股充滿野性的新感受，令他從頭到腳沸騰起來。假如親身去感受一下，讓南方太陽熱情地照射在皮膚上，讓真正的芳香隨風拂過，那會是什麼感覺呢？他閉上眼睛，投入全副身心，大膽徜徉在幻夢中一會兒。等他再次睜開雙眼，河水看上去變得像鐵塊一樣灰溜溜、冷冰冰，綠油油的田野也變得黯淡無光。下一秒，他那顆忠誠堅定的心，彷彿在大聲斥責自己軟弱的那一面，說它不忠。

「那你們到底為什麼要回來？」他嫉妒地問燕子。「這個沒什麼生氣的荒涼小鄉村，有什麼好吸引你們的？」

「你以為，」第一隻燕子說。「等適當的季節到來，我們感覺不到另一種召喚嗎？茂盛的草地、溼潤的果園、蟲子出沒的溫暖池塘、吃草的牛群、製作中的乾草、有完美屋簷的房子，還有圍繞那間房子所蓋的一棟棟農舍，都在召喚我們。」

「你以為，」第二隻燕子問。「只有你才想再次聽到布穀鳥的歌聲，而且想得不得了嗎？」

「時間一到，」第三隻燕子說。「我們又會染上思鄉病，想念在某條英國溪流水面上靜靜搖曳的睡蓮。可是現在想起來，這一切都顯得黯然失色、單薄無力，離我們很遠很遠。此時此刻，我們的血液正隨著另一種音樂起舞。」

接著他們又啁啾鳴叫起來，把河鼠擱在一邊。這一次，那令人陶醉的綿綿絮語講的是藍紫色的海洋、土黃色的沙地，以及蜥蜴爬來爬去的牆壁。

河鼠再次煩躁不安地轉身離去，爬上河流北岸緩緩上升的斜坡，躺在那裡遠望唐斯丘陵（Downs），環形的大丘陵阻擋他往更南方眺望。一直以來，這就是他顯而易見的地平線，他眼中的月亮山脈[15]，他的界線所在，再過去，就沒有什麼想看或想瞭解的了。可是今天，在他望向南方的時候，一股剛剛才在心底萌生的渴望，不停撩撥他的心弦。順著綿延的低矮丘陵線向上延展的晴朗天空，看起來像在怦然承諾著美好的前景。今天，看不見的才最重要，不瞭解的才是生活中唯一的真實。現在在丘陵這一邊，是真正的空虛；另一邊，是他用內在的心靈之眼，清清楚楚收入心底的熱鬧、繽紛的廣闊世界。越過丘陵，有不停翻滾、波濤起伏的碧藍大海；有沐浴在陽光之下的海岸，那裡沿線蓋著一間間純白別墅，在橄欖樹林的映襯下閃閃發光；還有一座座平靜的港灣，停滿許多華麗的船隻，準備航向低低躺在慵懶海面上的島嶼，朝著流著瓊漿、盛產香料的豐美之島航行。這些景象，光用想的就美妙不已！

他站起來，走下斜坡，前往河邊，後來又改變主意，走到塵土覆蓋的小路路邊。他躺在那裡，把身體半掩在路邊濃密的陰涼樹籬下，想著這條用碎石鋪成的道路，以及這條路通往怎樣的大千世界，也揣想所有可能踏過這條路的旅人，還

15　月亮山脈（Mountains of the Moon）為尼羅河傳說中的神祕源頭。

有他們出發尋找或意外碰上的財富與冒險——一切就在那裡發生，在很遠很遠的另一端。

這時一陣腳步聲傳進耳裡，一個走起路來有些疲倦的身影進到視線中。他看出那是一隻老鼠，一隻風塵僕僕的老鼠。這位旅人走近他的時候，以一種略帶異國風情的方式向他行禮，然後猶豫了一下，才愉快地微微一笑，從小路轉過身走來，坐到他一旁涼爽的樹籬下。老鼠看起來很累，河鼠什麼也沒問，只是讓他在旁邊休息。河鼠多少知道老鼠在想什麼，也很清楚疲乏的肌肉放鬆下來，同時腦袋放空的時候，有時動物重視的純粹是無聲的陪伴。

這位旅人身形清瘦，面相機敏，肩膀微微往前駝，爪子細細長長，眼角布滿皺紋，耳朵的位置剛剛好，線條也很漂亮，上頭戴著金色的小耳環。他身穿褪色的藍色針織衣，褲子底色也是藍色的，不過上面縫了補丁，還沾有污漬。他隨身攜帶的財物很少，只用一條藍色棉布手帕包起來綁緊。

陌生的旅人休息一會兒後，嘆了口氣，又用鼻子嗅了嗅，環顧一下四周。

「那是苜蓿，微風中那陣溫暖的香氣是苜蓿。」他說。「在我們背後啃咬青草、每吃幾口就輕噴鼻息的是一群牛。遠方傳來收割機的聲音。靠近樹林那邊，村舍煙囪升起一股藍煙。我聽到一隻紅冠水雞的叫聲，這附近一定有河流。從你的體格來看，你一定是在淡水划船的水手。萬物似乎都陷入沉睡，但又沒有一刻不在運轉。朋友啊，你的日子過得真愜意。只要你的身體還夠健壯，這樣的生活絕對是全天下最棒的。」

「沒錯，這樣的生活，才是唯一該過的生活。」河鼠恍惚地回答，但語氣少了平時那種打從心底的堅定自信。

「我的意思不完全是那樣，」陌生的旅人謹慎回應。「但它毫無疑問是最棒的。我曾經試過，所以知道。我才剛享受這樣的生活六個月，很清楚這是最好的。你看，我現在腳又痠，肚子又餓，準備拖著沉重的腳步遠離大好生活，聽從古老的召喚走向南方，回到從前的日子。那才是我該過的生活，它不會放過我。」

「難道說，他也是往南遷徙的動物？」河鼠心想，然後問：「你剛剛從哪裡過來的？」他實在不敢問老鼠要去哪裡，因為答案他似乎再清楚不過。

「一座不錯的小農莊。」旅人簡短回答。「順著那個方向過去……」他朝北方抬了抬頭示意。「別管是從哪裡來的了，總之我在那裡要什麼有什麼，生活中應該要有的東西統統都有，甚至更多。只不過現在我來到這裡，但在這裡我還是很開心，真的很開心！已經走了很長很遠的路程，距離我一心嚮往的地方又縮短了好幾個小時。」

他閃亮的眼睛凝視著地平線，好似在傾聽某種內陸地區缺少的聲音，而這時候大陸內部正迴盪著牧場與農家院落的歡樂音樂。

「你不是我們這裡的動物，」河鼠說。「也不是農夫。就我判斷，你甚至不是這個國家的居民。」

「沒錯。」陌生的旅人說。「我是一隻在海上航行的老鼠，是真的。我從君士坦丁堡的港口啟程，不過我在那裡也可以說是外地來的老鼠。朋友，你聽過君士坦丁堡嗎？一座美麗、輝煌的古老城市。說不定你也聽過挪威國王西格德[16]，還有他如何率領六十艘船航向那座城市，而他和他的部下又如何騎馬穿過街道，當時街上到處搭著紫色和金色的天棚向他們致敬，還有皇帝和皇后如何親臨他的船隻，與他共享盛宴。西格德回國時，他手下許多北歐人留了下來，加入皇帝的近衛隊。我的祖先在挪威土生土長，跟著西格德送給皇帝的船隻留在當地。這也難怪，在那之後，我們家世世代代都是四處航海的老鼠。至於我呢，我以四海為

16　挪威國王西格德（Sigurd）於西元一一〇七年至一一一一年率領挪威十字軍前往耶路撒冷，途經君士坦丁堡。

家，我出生的城市是我的家，從那座城市到倫敦河[17]之間每一座宜人的港口，也都是我家。我很瞭解那些港口，那些港口也很瞭解我。隨便放我在其中一座碼頭或前濱下船，我就算回家了。」

「我想你一定有遠洋航行的經驗吧？」河鼠的興味越來越濃。「好幾個月看不見陸地，糧食越來越少，飲水還要配給，你的心和浩瀚的海洋息息相通，還有很多這一類的事吧？」

「完全不是那樣。」航海鼠直白地說。「你描述的那種生活一點也不適合我。我從事的是沿海貿易，經常可以看到陸地，看不見的時候才少呢。岸上的快樂時光就跟在海上航行一樣吸引我。噢，那些南方的海港！那裡的氣味，晚上船隻停泊的燈海，多麼迷人啊！」

「好吧，也許你選了更好的生活方式。」河鼠略微遲疑地說。「那麼，如果你願意的話，跟我講些你在沿海航行的故事吧。說說一隻勇敢的動物會想從航海生活帶回什麼收穫，好讓晚年坐在爐邊的時候，能有些英勇的事蹟可以回憶，給日子帶來一些溫暖。至於我呢，不瞞你說，今天我總覺得自己的生活有些狹隘和

17 倫敦河（London River），即泰晤士河。

受限。」

「上次出海，」航海鼠開始說。「我滿心期待到內陸農莊生活看看，最後來到這個國家。那次出海可以說是我航海經驗中很好的範例，也確實完美呈現了我多采多姿的生活。跟以前一樣，那回出遠門是因為家裡起紛爭，而且眼看馬上就要掀起一場風暴，警告狂風來襲的錐形帆布袋已經高高升起，所以我連忙跳上一艘小商船，從君士坦丁堡啟程。商船穿過乘載無數古典歷史神話的海域，每一朵浪花都翻騰著永世流傳的記憶，航向希臘群島和通稱『黎凡特』（Levant）的地中海東岸地區。那些日子白天燦爛美好，晚上平和宜人。商船在港口進進出出，到哪都能遇到老朋友。白天熱氣蒸騰的時候，就睡在涼爽的神廟或荒廢的蓄水池。太陽落下之後，天空繁星點點，大家在天鵝絨般的夜幕下飲酒作樂，盡情唱歌。接著我們轉向亞得里亞海，沿著海岸向上航行，那裡的海岸線蕩漾著琥珀色、玫瑰色、碧藍色的氣息。我們停靠在陸地環抱的開闊港灣，進到一座座宏偉的古城漫遊。後來有一天早上，太陽從我們身後高雅地升起，我們沿著一條金光燦爛的水道進到威尼斯。威尼斯啊威尼斯，好一座美麗的城市！老鼠可以在那裡自在閒逛，開心玩耍。逛累了，晚上還可以坐在大運河邊，在滿天星斗下，聽著繚繞在空中的音樂，跟朋友一塊兒吃吃喝喝。旁邊的貢多拉船搖搖晃晃，燈火映照在拋光的鋼製船頭上一閃一閃。船隻一艘挨著一艘，排列得很緊密，甚至可以踩著船從運河這一邊走到對岸！還有吃的，你喜歡貝類嗎？算了，算了，這個先不多說。」

他沉默了一會兒，聽得如痴如醉的河鼠也沒有說話，而是漂蕩在夢中的運河上，在水霧繚繞、海浪拍打的灰牆之間，聽著憑空想像的歌曲高昂宏亮地迴響。

「後來我們又朝南方航行，」航海鼠接下去說。「沿著義大利海岸往南走，最後停靠在西西里島的城市巴勒摩。我在那裡下了船，在岸上開開心心待了很長一段時間。我從來不在同一艘船上待太久，因為那會讓眼界變得狹隘，心中抱有成見。再說，西西里島是我可以大玩特玩的樂土之一。我認識那裡所有人，他們的生活方式也跟我很合得來。我在島上跟朋友一起住在靠近鄉村的內陸地區，快快活活度過好幾個星期。等到之後又待不住了，才搭上一艘開往薩丁尼亞島和科西嘉島的船，再次感受清新的微風，還有浪花濺到臉上的感覺，真是爽快！」

「可是待在下面……就是船艙，你們是叫船艙吧？總之待在那裡不是很悶熱嗎？」河鼠問。

以航海為業的老鼠看著他，微微眨眼使了個眼色。「我可是老手。」他簡單明瞭地說。「船長的艙室對我來說夠舒適了。」

「大家都說，航海生活很辛苦。」河鼠喃喃地說，陷入沉思。

「對水手來說的確是。」航海鼠回應的語氣很沉重，又輕輕眨了下眼。

「在科西嘉島，」他繼續說。「我搭上一艘要運酒到義大利本島的船。我們傍晚抵達北部的濱海小鎮阿拉西奧。靠港之後，大夥把酒桶搬到甲板上，用長繩一桶接一桶綁起來，再推下海。接著所有船員坐上一條條小船，一邊往岸邊划，一邊唱歌，後面拖著一長串載浮載沉的酒桶，就像排成一哩長的鼠海豚。他們事先在沙灘上備好馬等待，一匹又一匹馬踢踢躂躂拉著酒桶，匆匆奔上小鎮陡峭的街道。等運完最後一桶酒，大家就出發去吃點東西，休息一下，跟朋友喝酒喝到深夜。隔天一早，我跑到大橄欖樹樹林裡休息了一陣子。當時我暫時不想再登什麼島，所以就在農家間來來去去，過著慵懶的生活。有時躺著看他們做農活，有時在山坡高處舒展筋骨，遙望腳下湛藍的地中海。那裡港口很多，航運也很發達，我偶爾用走的，偶爾搭搭船，過了好些日子，從從容容來到法國南部的海港城市馬賽。在那裡又見到以前同船的老朋友，參觀了遠洋大船，又飲酒作樂了一番。說到貝類，唉，有時候我夢到馬賽的貝類海鮮，還哭著醒來呢！」

「這倒提醒了我，」懂禮節的河鼠說。「剛剛你提到肚子餓。我應該早點問的。想必你願意留下來，跟我一起吃午餐吧？我家洞穴就在附近。現在剛過中午，歡迎你來吃頓便飯。」

「你真客氣，太親切了。」航海鼠說。「剛才坐下的時候的確很餓，下意識就提到了貝類，而且每次一提到，胃就餓得痛到不行。不過能不能把午餐打包到這裡？除非逼不得已，不然我不太喜歡鑽到像甲板艙口下面的地方去。等等吃午餐的時候，我可以再跟你講講我的航海經歷，還有我的生活多麼開心，起碼對我來說是很開心啦。從你全神貫注的樣子來看，感覺你也很喜歡。但要是我們進到屋裡，我百分之九十九會立刻睡著。」

「這主意真是太棒了！」河鼠說完便匆匆跑回家。進屋後，他把野餐籃拿出來，裝了些簡單的餐點，同時不忘考量客人的出身和喜好，特地在籃子裡放了一條法國長棍麵包、一根蒜味濃郁的香腸、一些微融、溼軟的起司，以及一瓶用乾草包著的長頸酒瓶，裡面裝著在遙遠的南方山坡收集的耀眼陽光。把籃子裝滿後，他再用最快的速度跑回去。兩隻動物一起打開籃子，把食物擺到路邊的草地上。老航海鼠對河鼠的品味和判斷讚譽有加，河鼠高興得滿臉通紅。

航海鼠的飢餓感稍稍緩解後，馬上繼續講他最近一次的航海歷程，帶著那位純樸的聽眾暢遊一座座西班牙港口，下船進到葡萄牙的里斯本和奧波多、法國的波爾多，跟他介紹英國康瓦爾郡和德文郡的宜人港灣，然後沿著英吉利海峽往上，來到旅程最後的碼頭區。他一路飽受逆風吹襲，受盡暴風雨的襲擊和險惡天氣的洗禮，才終於上岸。就在那時，他感應到春天即將到來的第一波奇妙暗示和預兆，燃起他對體驗寧靜農莊生活的渴望，促使他加快腳步，長途跋涉到內陸地區，遠離在任何一片海洋的顛簸疲憊。

河鼠聽得十分入迷，興奮得渾身發抖。他一步步跟著大冒險家，穿越狂風暴雨的港灣，開過停滿船隻的錨泊區，在洶湧的潮流中航過沙洲，沿著蜿蜒曲折的河流逆流而上，時不時在急彎處窺見隱藏起來的熱鬧小鎮，然後來到河鼠枯燥乏味的內陸農莊。到了這裡，河鼠惋惜地嘆了口氣，他一點也不想聽農莊的事。

這會兒他們已經吃完午餐，航海鼠神采奕奕，體力也已經恢復，說話更有活力，眼裡閃爍著光芒，就像遠方海上燈塔散發出的亮光。他往杯子裡倒滿南方晶瑩紅潤的陳年美酒，接著把身子湊近河鼠，一邊說故事，一邊用目光緊緊抓住河鼠的身心靈。航海鼠千變萬化的灰綠色瞳孔，宛如洶湧翻騰的北方海洋，變幻不定的灰綠色海水交織著一條條泡沫線。玻璃杯裡閃爍著赤熱的紅寶石光彩，猶如南方真正的心臟，正為了有勇氣回應其搏動的航海鼠而怦怦跳動。那變幻莫測的灰與堅定不變的紅，兩道光芒同時支配著河鼠，令他深陷其中，心醉得無法自拔，全身癱軟無力。光芒之外的寧靜世界漸漸遠去，不再存在。至於那談話，那美妙的談話繼續流淌。可是真的完全只有談話嗎？還是偶爾也穿插著歌聲？像是水手拉起溼答答的船錨時高唱的工作歌，固定船桅的支索在強勁東北風暴中低吟的嗡嗡聲，黃昏時分在杏黃色的天空下，漁夫收網時哼唱的歌謠，以及在貢多拉船或東地中海的小船上，吉他和曼陀林交織的琴聲。那聲音是不是又變成風的哭聲？起初是哀怨哭泣，隨著風力增強，又變成憤怒的淒厲尖叫，再升高為撕心裂肺的呼嘯，然後又逐漸下降，轉為迎風鼓脹的船帆帆緣在空中輕輕飄動時的悅耳旋律。這位如痴如醉的聽眾彷彿親耳聽見了這些聲音，裡頭還夾雜著形形色色的海鷗抱怨肚子餓的啼叫，海浪拍打時柔和的隆隆聲，還有海灘沙石成群抗議時的喧嘩呼喊。聲音漸漸消逝，又回到談話。河鼠的心砰砰跳，跟著大冒險家遊遍十幾座海港，歷經打鬥、逃跑、團結，與夥伴齊心協力，展開英勇行動。他也到島上尋寶，或在風平浪靜的潟湖垂釣，或者整天躺在溫暖的純白沙灘打盹。他側耳傾聽深海捕魚的故事，把一哩長的漁網撒入海中，捕獲銀光閃閃的龐大魚群。他也聽冒險家說起突如其來的危險，比如在看不見月亮的夜晚，聽著海浪拍打的喧囂，或者身在迷霧之中，頭頂上出現巨大郵輪高高的船頭。冒險家也說到快樂賦歸的情景，先是繞過岬角，港口的燈火在視野中展開，碼頭上人影若隱若現，高昂的歡呼聲傳入耳中，然後船纜啪嗒入水，水花四濺而起。大夥費力地爬上陡峭的小街道，走向那些掛著紅色窗簾、透著溫馨燈光的窗戶。

最後，在白日夢之中，他彷彿看見那位大冒險家站了起來，可是話語仍未中斷，而那雙深邃如海的灰色眼眸依舊緊緊牽引著他。

「好啦，」他的聲音很輕柔。「我要繼續上路了，風塵僕僕走上很多很多天，一路往西南方去，走到緊靠在海港峭壁上的濱海小鎮。那座灰濛濛的小鎮我再熟悉不過。在那裡，從光線晦暗的門口俯視，可以看到一排排石階往下延伸，粉色纈草一簇一簇垂懸在階梯上，來到石階盡頭，眼前展開一片波光粼粼的蔚藍海水。古老的海堤邊，許多小船繫在鐵環和柱子上，船身漆得鮮豔亮麗，顏色就像我小時候爬進爬出的小船。漲潮時，鮭魚躍出水面，成群的鯖魚閃閃發亮，一邊玩耍，一邊游過碼頭和前濱。從窗邊望出去，大船日日夜夜不停航行，有的開往停泊處，有的駛向遼闊的大海。所有航海國家的船隻遲早都會開到那裡，而我看上的船在未來某一刻，自然也會拋下船錨。我不急，可以慢慢等。等時機成熟，適合我的船在河上等待，船隻也已經用繩子拉到河流中央，上面載著許多貨物，使船身稍稍下沉，而船首斜桅也指向了出海口，到時候，我就會坐上小船或順著船纜偷偷溜到船上。某天早上一覺醒來，就會聽到水手的歌聲和重重的腳步聲，伴隨絞盤咔啦咔啦轉動的聲響，還有錨鍊收回時輕快的嘩啦啦聲。然後我們會張開船首的三角帆和前桅的主帆，讓船身慢慢積聚動力，順著船舵引導的方向前進，而港邊的白色屋子從我們身邊緩緩後退。這一刻我們的航海之旅就宣告展開！隨著船隻慢慢開向岬角，船帆會逐漸披滿船身。一出港灣，無垠的碧綠海水就開始拍打船舷。這艘船將乘風破浪，一路朝南方前進！

「而你呢，小兄弟，你也要來。時間一去不回頭，南方還在等你呢。趁現在還來得及，聽從南方的召喚去冒險吧！只要砰地一聲關上身後的門，開開心心往前踏一步，就可以告別舊有的日子，邁向全新的生活。等到有一天，在很遠很遠的未來，酒杯乾了，好戲落幕，如果你願意的話，可以慢慢散步回家，坐在寧靜的河畔，跟數不清的美好回憶相伴。你在路上很容易就能追過我，因為你還年輕，我已經慢慢變老，路走得很慢。我會走走停停，也會回頭看。有朝一日，一定會看到你懷著渴望，帶著愉快的心情，臉上洋溢嚮往南方的神采，從後面趕上來。」

那聲音漸漸遠去，最後完全消失，就像一隻蟲子吹著迷你小喇叭，聲音忽然變弱，留下一片寂靜。河鼠愣在原地動也不動，呆呆凝視前方，只看到白色的路面上方剩下遠方一個小黑點。

他呆滯地站了起來，仔細收拾好野餐籃，動作不慌不忙，接著下意識地往家的方向走。到家後，他翻出幾樣小小的必需品以及他珍愛的重要寶貝，把東西聚集起來裝進小背包。他的一舉一動都慢條斯理，像夢遊一樣在屋裡轉來轉去，嘴巴開開的，好像還在聽誰說話一樣。他把背包甩到肩上，用心挑了一根結實的手杖，準備在旅行時使用。他不慌不忙，也不帶一絲猶豫，直接跨過門檻。就在這時，鼴鼠出現在門口。

「喂，河鼠兄，你要去哪？」鼴鼠嚇了一大跳，一把抓住他的手臂問。

「去南方，跟其他動物一起去。」河鼠恍惚地說，聲音毫無起伏，眼睛始終沒有看向鼴鼠。「先去海邊，然後上船，前往召喚我的海岸。」

他意志堅決，硬是要往前走。雖然動作依舊不慌不忙，但對目標堅定不移。這會兒鼴鼠徹底慌了，趕緊擋在他前面，仔細盯著他的眼睛看，發現他目光呆滯，眼珠子動也不動，瞳孔中泛著變幻莫測的灰色波紋——這可不是他朋友的眼睛，而是什麼別的動物的！他使勁抓住河鼠，把他拖進屋子，按倒在地上。

河鼠拚命掙扎了一會兒，忽然間力氣像被抽走一樣，全身癱軟無力，閉著眼睛靜靜躺在地上，渾身不停抖動。鼴鼠連忙扶他起來，安置到椅子上。河鼠癱坐在上面，縮成一團，身子劇烈抽搐，不斷顫抖，後來又變成歇斯底里的乾嚎。鼴鼠關緊屋門，把背包扔進抽屜上鎖，默默坐在朋友旁邊的桌子上，等待這陣不尋常的抽搐發作結束。漸漸地，河鼠陷入半睡半醒的狀態，心神很不安寧，時不時驚醒過來，嘴裡咕咕噥噥。那些話對茫然無知的鼴鼠來說，全是莫名其妙又奇異陌生的胡言亂語。再後來，河鼠便沉沉睡去。

鼴鼠揣著一顆焦躁不安的心，暫時把河鼠擱在一旁，忙著打理家務。等到天快黑了，鼴鼠才回到客廳，看到河鼠還坐在原處。雖然看上去很清醒沒錯，但一臉無精打采，一句話也沒說，神情相當沮喪。鼴鼠匆匆瞥了他一眼，注意到那雙眼睛又恢復以往的清澈棕黑色，心裡非常欣慰。他坐了下來，想辦法振作河鼠的精神，引導他說出剛才發生的事。

可憐的河鼠盡可能把事情一件一件解釋給鼴鼠聽，但這天發生的事大多都很隱晦，用冷冰冰的言語怎麼可能交代清楚？他怎麼能喚起曾經在他心頭縈繞的大海歌聲，把它傳達給對方聽？怎麼能透過轉述，重現航海鼠千百件往事所蘊含的魔力？何況對他自己來說，現在魔咒已破，迷惑之力已不復存在，他很難解釋幾小時前，那種只認定一條路而且還非走不可的感覺究竟是怎麼回事。儘管他解釋了這天的經歷，鼴鼠依舊一頭霧水，不過照前面這些原因來看，這也沒什麼好意外的。

對鼴鼠而言，有一點非常清楚，那就是這次突然發作的狀況（可以說是非常猛烈的那種）已經過去了。雖然河鼠受到打擊，沮喪失落，到底還是恢復了理智。只是他一時之間似乎對日常生活的種種，對季節交替所懷抱的美好期盼，以及對換季時必然帶來的各種生活變化，都喪失了興致。

後來，鼴鼠裝作無所謂的樣子，若無其事地把話題轉移到正在收割的作物，聊起馬車上的作物堆得像山一樣高，馬匹賣力拉車，而地上的乾草堆越堆越高，也提到巨大銀盤緩緩升起，照亮一捆一捆點綴在裸露田地的作物。他說起附近的蘋果漸漸轉紅，堅果色澤逐漸變深，也講到果醬、蜜餞、蒸餾甜酒。說著說著，話題自然流轉到隆冬時節。他談起冬天的幸福快樂，在家裡溫馨舒適的生活，到後面甚至詩情畫意了起來。

慢慢地，河鼠坐直身子，加入談話。他呆滯的雙眼也跟著亮了起來，不再只是單方面傾聽。

過沒多久，機靈的鼴鼠悄悄溜走，拿著一支鉛筆和幾張撕一半的紙回來，放到朋友手肘旁的桌上。

「你很久沒寫詩了。」他說。「今天晚上你可以寫寫看，而不是……唉，老是頂著一頭烏雲胡思亂想。我覺得呢，只要你寫點東西，就算只是幾個韻腳，心情也會好很多。」

河鼠無精打采地把紙推開，不過心思細膩的鼴鼠找了個理由離開。過了一會兒，鼴鼠偷偷瞄向客廳，發現河鼠全神貫注在紙上作詩，彷彿跟外界完全隔絕。他一會兒奮筆疾書，一會兒咬咬筆頭。雖然咬筆頭的時間遠遠超過寫作時間，但鼴鼠看到這個方法終於開始見效，心裡還是很欣慰。

10 蛤蟆再歷險記

空心樹樹洞的大門朝東，耀眼的陽光直射在蛤蟆身上，一大清早就把他叫醒。不過他這麼早醒來，還有另一個原因，就是他的腳趾頭簡直要凍壞了。他甚至因此做了一個夢，夢見在一個寒冷冬夜，睡在家中有都鐸式窗戶的漂亮房間時，床單、棉被等等在床上的織物一一爬了起來，嘟嘟囔囔抗議天氣冷得受不了，紛紛跑到樓下的廚房火爐邊取暖。他光著腳丫在後面追，踩在冰冷的石頭走廊上跑了好幾哩，一邊爭論，一邊哀求它們講講道理。要不是他一連好幾個星期都睡在石板地上的乾草堆，幾乎忘了把厚毯子拉到下巴蓋好有多舒服，他十之八九會更早醒來。

他坐起來，先揉揉眼睛，再捏捏抱怨連連的腳趾，一時之間還搞不清自己在哪裡。他環顧四周，尋找熟悉的石牆和豎著鐵條的小窗。忽然間他心頭一震，記憶全部湧入腦海，想起越獄、逃亡又被追捕的過程，其中最重要也最棒的事，就是他自由啦！

自由！光是這個詞和這個想法就值五十條毯子。一想到外面歡樂的世界迫不及待等待他凱旋歸來，隨時準備伺候他，向他獻殷勤，等不及助他一臂之力，陪伴在他左右，就像大難還沒臨頭之前，陪他度過每一天那樣，他就從頭到腳暖了起來。他抖抖身體，用手指梳掉頭髮上的枯葉，梳洗完畢後，大步走進清晨舒服的陽光下。身子冷是冷，但神情很有自信；肚子餓是餓，但心中充滿希望。經過一晚的休息和睡眠，加上直爽的晨曦為他加油打氣，昨天的緊張和恐懼一掃而空。

在這個夏日清晨，整片天地都歸他所有。他走在樹林間，葉子上沾著露珠，四周寂寥無聲。穿過樹林，延伸出一片翠綠原野，那片綠地由他獨攬，任他想做什麼都可以。來到路上，這條路自始至終都孤零零的，好似一隻流浪狗急著找伴。可是蛤蟆在找的，是會說話又能明確給他指路的東西。要是你心情愉快，心裡沒鬼，口袋有錢，也沒人到處搜捕你，要把你拖回大牢，那麼無論這條路是通向哪裡或指向何方，大可不管三七二十一直接上路。不過，講求實際法子脫困的蛤蟆現在可是擔心得不得了，眼下每分每秒都事關重大，偏偏這條路死活就是不說話，什麼忙都不幫，讓他氣得想踹它幾腳。

走著走著，靦腆的運河弟弟很快就來到沉默不語的鄉間小路旁邊，抱著對小路十足的信任，跟小路手拉著手，悠悠哉哉一起同行。可是運河弟弟對陌生人也一樣怯生生的，一句話也不說。「真讓人不爽！」蛤蟆自言自語。「但不管怎樣，有一點很清楚，小路和運河一定是從什麼地方出發，前往另一個地方。蛤蟆啊，你這個好孩子，可不能否定這一點！」於是他耐住性子，繼續沿河邊走。

順著運河彎道轉過去，一匹馬拖著沉重的步伐，形單影隻慢慢走近。他的頭低低垂下，像是在為什麼事心煩。脖子上的頸圈連著一條繃得緊緊的長繩，每往前一大步，繩子才鬆開垂入運河，遠處的繩子還滴著水珠。蛤蟆把路讓開，站在一旁等著看命運給他捎來什麼。

等著盼著，一艘駁船來到他旁邊，鈍鈍的船頭行經平靜的水面，掀起一陣宜人的漩渦。船舷上緣漆著鮮豔的顏色，與運河旁的縴路等高。船上只有一位身材壯碩的婦人，她頭戴一頂亞麻遮陽帽，一隻健壯的手臂搭在舵柄上。

「早上天氣真好，太太！」她把船開到蛤蟆正旁邊，跟蛤蟆打招呼。

「可不是嘛，太太！」蛤蟆客客氣氣回應，同時沿著縴路跟婦人並排而行。

「我敢說，對其他人而言，今天早上天氣的確很好，但對像我這樣煩惱到不行的人來說，就是另一回事了。是這樣的，我那結了婚的女兒急急忙忙派人捎信給我，要我立刻趕去她那裡。所以一收到消息，我就跑了出來，根本不知道出了什麼事，或者有什麼大事要發生，滿腦子只想著最壞的情況，整個人提心吊膽。太太，如果妳也已經為人母了，一定懂我的感覺。我把家計丟下不管，太太妳可要知道，我是做洗燙衣服這一行的。我還把小孩留在家裡，讓他們自己看著辦。太太，他們是全天下最調皮搗蛋、最會惹麻煩的小鬼頭。不光是這樣，我還丟了錢，迷了路。至於我那結了婚的女兒到底出了什麼事，唉，太太，我真不願去想啊！」

「妳女兒住在哪，太太？」船上的婦人問。

「住在離河不遠的地方。」蛤蟆回答。「靠近一座叫蛤蟆莊園的漂亮房子，就在這一帶附近，也許妳聽人說過。」

「蛤蟆莊園？哦！我正要往那個方向。」婦人回說。「這條運河再往前幾哩就會接到河流，就在蛤蟆莊園上游一點的地方，走一下子就能到莊園。跟我一起坐船過去吧，我載妳一程。」

她把船開到岸邊，蛤蟆滿懷感激再三道謝，輕盈地跨到船上，心滿意足地坐了下來。「蛤蟆又走大運了。」他心想。「到頭來每次贏的都是我！」

「這麼說來，太太，妳是做洗衣這行的？」船往前滑行時，婦人很有禮貌地問。「想必妳的生意很不錯，這麼說不會太冒昧吧？」

「是這一帶最好的。」蛤蟆一派輕鬆地說。「所有上流人家都來找我，而且說什麼都不肯去別家，就算給錢也沒用，他們太瞭解我的手藝了。跟妳說，我對自家生意瞭如指掌，所有工作都是我自己把關。從洗衣、燙衣、上漿，到縫製男士參加晚宴的高級襯衫，每一道流程都由我親自盯著做。」

「不過太太，工作一大堆，總不會是妳一手包辦吧？」婦人敬佩地問。

「噢，我僱了一群年輕女工，」蛤蟆隨口回答，「差不多二十來個，整天都在幹活。不過太太，妳也知道小姑娘是什麼樣子。我看啊，她們就是群輕佻的小騷貨！」

「我也這麼想。」婦人發自內心贊同。「不過我敢說，妳一定把手下那群懶散的小騷貨調教得很好。妳是不是非常喜歡洗衣服？」

「豈止喜歡。」蛤蟆說。「簡直愛死了！每次我把雙手伸進洗衣盆，就快樂得不得了。洗衣服對我來說小菜一碟，毫不費力！太太，我跟妳保證，那真是一大樂事！」

「運氣真好，竟然碰到妳！」婦人意味深長地說。「我們兩個都走大運啦！」

「咦，這話怎麼說？」蛤蟆緊張兮兮地問。

「是這樣的，妳看，」婦人回說，「我呢，跟妳一樣喜歡洗衣服。但是說真的，像我這樣四處漂泊的人，不管我喜不喜歡，所有事自然都得自己來。偏偏我先生老是偷懶，分內事都不做，把船丟給我一個人顧，害我擠不出時間打理自己的事。照理說，他現在人應該在這裡，要麼負責掌舵，要麼照看拉船的馬，好在那匹馬夠聰明，能把自己顧好。總之他又溜出去了，帶上一條狗去看能不能抓隻兔子回來料理一頓，說會在下一道船閘那邊跟我會合。唉，話是這麼說啦，但我根本不信，尤其是跟那條比他還糟糕的狗跑出去，他說的話可信不得。問題是這下子我哪來的心力洗衣服？」

「唉呀，別管洗衣服的事了。」蛤蟆說，心想這話題真不合他胃口。「不如多想想那隻兔子。我打包票一定是隻肥肥嫩嫩的兔崽子。妳這裡有洋蔥嗎？」

「我怎麼想都會想到洗衣服那裡去，」婦人說，「我倒覺得奇怪，眼前有那麼開心的事等著妳，妳竟然還在講兔子。等等妳進到船艙，就會看到我那些髒衣服堆在角落。趁船還在開的時候，妳可不可以挑一兩件最需要洗的放到洗衣盆。在妳這樣的內行人面前，我也不好意思多說是哪幾件要洗，反正妳一眼就能看出來。這樣一來，就像妳說的，妳會洗得很開心，也能幫上我大忙。盆子就在旁邊，還有肥皂，煮水壺在爐子上，還有一個水桶，妳可以從運河舀水上來。這下妳就能享受洗衣服的樂趣，不用無所事事坐在這裡，看著風景不停打哈欠。」

「嘿，不如讓我來掌舵吧！」蛤蟆說，這會兒他真的嚇壞了，「這樣妳就可以照自己的方式洗衣服。我洗的話，說不定會洗壞，或者處理方式不合妳意。我比較習慣洗高級男裝，那才是我擅長的。」

「讓妳掌舵？」婦人哈哈大笑。「想開好駁船可不簡單，要經過一番練習。再說，開船很無聊，我希望妳開心一點。還是不要吧，妳就去做妳喜歡的洗衣活，我繼續開我熟悉的船。我想好好招待妳，可別辜負我一番好意啊！」

蛤蟆被逼得進退兩難。他左顧右盼，想逃之夭夭，不料發現自己距離河岸太遠，無法飛身跳上岸，只好頂著一張臭臉認命。「既然都落到這地步了，」絕望的蛤蟆心想，「我想這種破事隨便哪個傻子都會！」

他從船艙拿出洗衣盆、肥皂和其他必要的用具，隨便挑了幾件衣服，努力回想從洗衣房窗口不經意瞥見的場景，然後動手洗衣。

漫長的半小時過去了，時間一分一秒流逝，蛤蟆的脾氣也越來越暴躁。不管他使出什麼招，就是沒辦法討這些衣服歡心，一點也不見變乾淨的跡象。他一會兒好言相勸，一會兒大力拍打，一會兒又揮起拳頭，可衣服只是躺在盆子裡對他微微一笑，絲毫不知悔改，安然自得守著原有的骯髒罪孽。他神經兮兮轉頭看了婦人一兩次，婦人似乎始終注視著前方，全神貫注開她的船。蛤蟆腰痠背痛到不行，洗到後來還發現指頭全都變得皺巴巴，害他心裡很難過，那可是他一向引以為傲的手指。他低聲抱怨，嘀咕著絕對不該從洗衣婦和蛤蟆嘴裡說出來的話。忽然間，肥皂又滑了出去，這已經是第五十次了。

這時一陣爆笑傳了過來，他猛地挺直身子，左看右看，發現婦人正仰天放聲大笑，笑得眼淚都流了出來，沿著臉頰滾下。

「我一直在注意妳。」她笑到喘不過氣。「聽妳說話口氣那麼狂妄，我就覺得妳從頭到尾一定都在鬼扯。好一個幹練的洗衣婦啊！我敢打賭，妳這輩子連塊洗碗巾都沒洗過。」

蛤蟆本來就怒火中燒了好一陣子，這下火氣狂燒到頂點，直接暴走了。

「妳這個平庸、下賤的大肥婆！」他大吼，「竟敢對本大爺這樣說話，我的地位可是比妳還高！什麼鬼洗衣婦，妳給我聽清楚了，我是大名鼎鼎的蛤蟆，備受敬重、高貴傑出的蛤蟆！雖然我現在陷入風波，可能不太受大家信任，但我絕對不允許船婦嘲笑我！」

婦人湊到他面前，朝軟帽下方的臉孔近距離仔細打量。「哎喲，真的是隻蛤蟆！」她大叫。「真沒想到，一隻討人厭、噁心巴拉、令人頭皮發毛的蛤蟆，居然出現在我乾淨漂亮的船上。嘖，這種事我可不允許！」

她馬上放開舵柄，伸出一隻長滿色斑的粗壯手臂，抓住蛤蟆的一條前腿，另一隻手牢牢抓住一條後腿。一轉眼，整個世界顛倒過來，駁船彷彿輕輕劃過天際，風在耳邊呼嘯。蛤蟆回過神來，發覺自己凌空飛起，身子飛速旋轉。

最後伴隨一聲撲通巨響，蛤蟆落入水中。河水對他來說已經夠冷了，卻還不足以撲滅他狂傲的氣焰，或是平息他熊熊燃燒的怒火。他探出水面，一面嗆得不停咳嗽吐水，一面撥掉黏在眼睛上的浮萍，結果第一眼看見的就是駁船的肥婆站在漸行漸遠的船上，從船尾回頭看著他哈哈大笑。他又咳又嗆，發誓一定要討回這口氣。

他奮力游向岸邊，然而身上的棉袍把他緊緊纏住，阻礙他前進。好不容易碰到陸地，卻發現在無人幫助的情況下，要費九牛二虎之力才能爬上陡峭的河岸。上岸後，他還得先休息一兩分鐘，把氣喘過來。緊接著他一把抱起溼淋淋的裙襬，拔腿拚命追趕那艘駁船，氣到抓狂，滿腦子只想著報仇。

他追到船邊，跑到跟婦人平行的位置，這時婦人還在大笑。「把你自己放到軋布機弄乾吧，洗衣婦，」她大聲說，「然後把你的臉熨一熨，燙些壓摺出來，別人就會當你是隻像樣的蛤蟆啦！」

蛤蟆沒有停下來反駁。雖然他心裡也有一兩句想發洩，但他要的是扎扎實實打在痛處的報復，不是低級、空泛的口舌勝利。他看見合他心意的目標就在前方，於是飛快地跑了過去，追上拉船的馬，解開馬身上的縴繩，扔到一邊，輕盈地跳上馬背，用力踢馬的肚子，催促他往前狂奔。他騎馬離開縴路，奔向開闊的原野，隨後把馬頭轉向一條布滿車輪痕跡的小路。途中他回頭看了一眼，只見駁船在運河對岸擱淺，船婦瘋狂揮動雙臂，大喊：「站住！站住！站住！」「這話我都聽膩了。」蛤蟆說，他一邊捧腹大笑，一邊繼續策馬狂奔。

這匹拉船的馬後繼無力，沒辦法長時間快跑，疾馳的步伐很快就減慢為小跑步，小跑步又變成緩慢前行。不過蛤蟆還是很滿意，因為他知道無論如何，自己都不斷在前進，而駁船還在原地動彈不得。成功施展他自以為相當聰明的高招後，他的怒火也漸漸平息，心滿意足地在太陽底下悠哉騎馬，慢慢前進。他專挑偏僻小徑和騎馬專用道走，刻意不去想已經多久沒有飽餐一頓，走著走著就把運河遠遠拋在後頭。

蛤蟆和馬走了好幾哩路，暖融融的太陽曬得他昏昏欲睡。這時馬突然停下腳步，低頭吃草，蛤蟆在半睡半醒之間差點掉下去，幸好他及時醒來，費了點力才找回平衡。他左右張望，發現自己來到一片開闊的公地。放眼望去，草地上點綴著一簇簇荊豆和黑莓灌木。附近停著一輛髒兮兮的吉普賽篷車，篷車旁邊有個人坐在倒放的水桶上，一口接一口抽菸，兩眼凝望廣闊的天地。那人旁邊燒著一堆篝火，火堆上吊著一個鐵鍋，鍋裡咕嚕咕嚕冒著氣泡，隱隱約約升起蒸騰的熱氣，不禁讓人浮想聯翩。這會兒氣味也飄了過來，各式各樣溫暖、濃郁的氣味交織纏繞，最後揉合成一股極致完美、沁人心脾的香氣，就像大地之母的靈魂顯化，一位真正的女神降臨，化作撫慰人心的母親出現在她的孩子面前。蛤蟆現在才深刻體會到，他以前從來沒有真的餓過。早些時候他感覺到的不過是輕微暈眩，此時此刻才是真的餓了，絕對沒弄錯。他必須趕緊吃點東西，不然就會有人受到波及，或者有東西會遭殃。他仔細打量眼前的吉普賽人，大致盤算了一下，想著究竟是打一架比較容易，還是用花言巧語哄騙比較省力。他就這樣坐在馬背上，吸著一口又一口香氣，目不轉睛盯著吉普賽人，而那吉普賽人也坐在原地抽菸，直勾勾看著他。

過了一會兒，吉普賽人拿下叼在嘴邊的菸斗，漫不經心地問：「想賣那匹馬嗎？」

蛤蟆大吃一驚，渾然不知吉普賽人那麼熱衷買賣馬匹，而且從來不放過任何機會，也沒意會到吉普賽人四處漂泊，篷車無時無刻都在移動，很需要動物拉車。他想都沒想過可以把馬換成現金，而吉普賽人的提議彷彿為他打通一條路，讓他可以直接獲得急需的兩樣東西——現金和一頓豐盛的早餐。

「什麼？」他說，「要我賣掉我這匹年輕漂亮的駿馬？那可不行，門兒都沒有。馬賣了，每個星期誰幫我把洗好的衣服送到客人家？再說，我太喜歡他了，他也跟我親到不行。」

「那就換個口味去喜歡驢子看看。」吉普賽人提議。「有的人就很喜歡。」

「你好像沒搞清楚，」蛤蟆接著說，「我這匹駿馬從各方面來說，地位都比你高出好幾等。他可是純種馬，真的，有部分是啦，當然不是你看到的這部分，是其他地方。他還得過高級拉車馬種哈克尼馬大獎，雖然你沒見識過他當時的風采，但要是你對馬多少有點瞭解，現在還是有辦法一眼就看出來。不行，不行，想都別想讓我賣這匹馬。不過姑且問一下，我這匹年輕漂亮的馬，你願意出多少買？」

吉普賽人仔細打量那匹馬，又以同樣謹慎的態度把蛤蟆打量一遍，再回過頭盯著馬瞧。「一條腿一先令。」他簡單說了一句，轉過身繼續抽菸，望著廣闊的天地，努力裝出一副不為所動的樣子。

「一條腿一先令？」蛤蟆大聲說。「不好意思，我得花點時間算一下，看到底是多少。」

他爬下馬背，放馬吃草，走到吉普賽人旁邊坐下，掐手算了算，最後開口說：「一條腿一先令？咦，正好四先令，才區區這點錢。不行，不行，我這匹馬年輕又漂亮，要我只賣四先令，我可不接受。」

「那好，」吉普賽人說，「不如這樣吧，我出五先令。這已經比那匹馬真正的價值高出三先令六便士了，不賣拉倒。」

蛤蟆坐在原地，認真考慮了好一段時間。他肚子又餓，身上又沒錢，離家還有一段距離，至於有多遠，他也不知道，加上他的仇人可能還在搜捕他。面對這樣的困境，五先令也稱得上很大一筆錢了。可是換個角度想，一匹馬只賣這點錢似乎有點少。但話說回來，這匹馬又沒有花他一分一毫，所以不管賣多少，都是淨賺。過了好一會兒，他強硬地說：「聽著，吉普賽人！我來告訴你怎麼辦，聽完不買就拉倒。你付我六先令六便士，要現金。除此之外，還要供我一頓早餐，就吃你鐵鍋裡那道香噴噴又令人食指大動的菜，我想吃多少就吃多少，當然，就一頓而已。相對的，我會把這匹精力旺盛的年輕駿馬交給你，連他身上所有漂亮的輓具和配飾都免費附贈。如果你覺得這樣還不夠划算，就直說吧，我馬上走人。我知道這附近有人好幾年前就想買我這匹馬。」

吉普賽人大呼小叫，抱怨連天，稱說要是再做幾筆這樣的生意，他就準備傾家蕩產。但到頭來，他還是從褲子的口袋深處掏出一個髒兮兮的帆布袋，數了六先令六便士放到蛤蟆手中。隨後他鑽進篷車，消失了一會兒，出來時拿著一個大鐵盤、一副刀叉和湯匙。他把鍋子傾斜，倒出熱騰騰、油呼呼的燉菜，色香味俱全的菜餚咕嚕咕嚕流到鐵盤上。這的確是全天下最美味的燉菜，裡面有鷓鴣、雉雞、家雞、野兔、家兔、母孔雀、珠雞，還有另外一兩樣食材。蛤蟆把盤子放到大腿上，眼淚差點掉下來。他一口接一口不停往嘴裡塞，吃完一盤就再要一盤，而吉普賽人也不吝嗇，幫他一添再添。蛤蟆心想，他這輩子從沒吃過這麼美味的早餐。

他大啖燉菜，吃到肚子都裝不下了，才起身跟吉普賽人說再見，然後情真意切地跟馬道別。吉普賽人對河岸這一帶很熟，給蛤蟆指了路，蛤蟆便精神抖擻地再次踏上旅程。跟一小時前相比，此時的蛤蟆的確已經截然不同。在豔陽高照下，身上的溼衣服已經差不多曬乾，口袋也有了錢，他正一步步朝自家和朋友前進，越來越靠近安全的港灣。最棒的是，他吃了一頓熱騰騰又營養的大餐，這會兒覺得走路有風，渾身是勁，一點憂慮煩惱也沒有，胸中充滿自信。

他滿面春風，大步向前，回想這一路的冒險和逃脫歷程，想著每次看似窮途末路，身陷絕境，自己總能化險為夷，設法找到出路。驕傲自負的心理在蛤蟆內心逐漸膨脹。「哇哈哈！」他高高翹著下巴自言自語，「我這隻蛤蟆真聰明！要比聰明，天底下絕對沒有動物能跟我匹敵！我那些仇人把我打入大牢，四周派重兵看守，從早到晚都有獄卒監視，最後我還不是憑自己的本事，加上把膽子壯大，就從他們眼皮底下走出來。他們開火車來追我，還帶上警察和左輪手槍，但我根本沒把他們放在眼裡，只是放聲大笑，在他們面前憑空消失。倒楣的是，我被一肚子壞水的肥婆丟進運河，但誰怕誰？我游上岸，捉住她的馬，得意洋洋騎馬離開，之後還把馬賣了，換來滿滿一口袋的錢，外加一頓美味絕倫的早餐。哇哈哈！本大爺就是蛤蟆，英俊瀟灑、人緣又好、百戰百勝的蛤蟆！」他越說越覺得自己很了不起，在路上即興創作了一首歌，往自己臉上貼金。雖然除了他根本沒人聽見，他還是一路扯著嗓門熱唱。在所有動物創作的歌曲之中，這大概是有史以來最自大的一首。

世上曾有許多英雄豪傑，
翻開史書就能找到，

但從來沒有誰的名望，
能跟蛤蟆媲美！

牛津大學英才多多，
上知天文下知地理，
但他們肚子裡的學問，
沒有聰明的蛤蟆先生懂的一半多！

動物坐在方舟上哭哭啼啼，
眼淚像洪水一樣湧出。
是誰說「前面出現陸地」？
是給大家打氣的蛤蟆先生！

軍隊在路上大步行進，
全體一致舉手行禮。

是向國王，還是總司令基奇納[18]？

都不是，是向蛤蟆先生。

王后和侍女，

坐在窗前做女紅。

王后大喊：「瞧！那英俊的男子是何方神聖？」

眾侍女答：「蛤蟆先生。」

諸如此類的歌詞還有很多，但都狂妄自大到嚇死人，實在不好意思寫下來。上面幾段還算比較委婉的了。

他邊走邊唱，邊唱邊走，每過一分鐘，自大的心理就膨脹一些。然而這股神氣的模樣，過沒多久就大受打擊，洩掉一大半的氣。

在鄉間小路走了幾哩後，他來到公路邊。剛要走上去的時候，他沿著白色路

18　基奇納（Horatio Herbert Kitchener, 1850-1916）為英國軍事指揮官，一九〇二至一九〇九年間擔任英屬印度陸軍總司令。

面望向遠方，看見一個小黑點慢慢靠近，逐漸變成大黑點，再放大成一團黑影，最後變成他十分眼熟的東西。耳邊傳來兩聲再熟悉不過的警示聲，讓他瞬間心花怒放。

「這才像話嘛！」蛤蟆興沖沖地說。「這才叫回到真正的生活，重返我久違的廣大世界。我來招招手，叫住我這群開車的兄弟，再照之前大家都信以為真的那套故事，編一個來糊弄他們，他們自然而然就會讓我搭便車。上車後我再多扯一些，運氣好的話，搞不好最後還能親自開車回蛤蟆莊園，順便給獾看看我的厲害！」

他信心滿滿走到路中間朝汽車招手，車子不疾不徐開了過來，接近小路時放慢了車速。忽然間，蛤蟆的臉色刷白，整顆心跌到谷底，膝蓋發軟顫抖，兩腿怎麼也站不直。他渾身作嘔發痛，身子彎了下去，癱倒在地。原來朝他開過來的車子，正是他在紅獅旅館院子偷的那一輛，就是那要命的一天，揭開了後續所有災難，而且車上的人，好死不死就是他坐在咖啡廳盯著看的那群人。這也難怪他現在會嚇個半死，倒楣的蛤蟆啊！

他倒在路上，活像一堆慘兮兮的破東西，嘴裡絕望地喃喃自語：「完蛋了！這下子全完了！又要被警察抓起來，戴上鐐銬！又要回去坐牢，吃乾麵包配白開水！媽呀，我真是大笨蛋！幹麼大搖大擺在鄉間亂晃，唱著自吹自擂的歌，大白天還在公路上招手攔車？我應該找地方躲起來，等到天黑再從偏僻的小路神不知鬼不覺溜回家。倒楣的蛤蟆啊！惡運纏身的蛤蟆啊！」

那輛令人心驚肉跳的汽車慢慢越開越近，最後他聽到車子在身邊停下，非常貼近他。兩位紳士下了車，繞著路上那堆不停發抖又皺巴巴的可憐東西轉了轉，其中一位說：「哎呀呀，真慘啊！這可憐的老太太竟然在路上昏倒了，看起來應該是位洗衣婦。說不定是熱昏頭了，真可憐，也可能是她今天還沒吃東西。把她抬上車吧，載到最近的村子，那裡一定有她的朋友。」

他們把蛤蟆輕輕抬上車，讓他靠在柔軟的椅墊上，然後繼續往前開。

蛤蟆聽到他們說話的語氣那麼親切又那麼同情他，就知道自己沒有被認出來，這下他的膽子又變大了。他小心翼翼先睜開一隻眼睛，再睜開另一隻。

「你看！」一位紳士說，「她已經好多了。吹吹風，呼吸新鮮空氣對她很有用。妳感覺怎麼樣，太太？」

「非常謝謝你，先生，」蛤蟆有氣無力地說，「我感覺好多了！」「那就好。」紳士說。「現在安靜待著，最重要的是，千萬別勉強說話。」

「不說，不說。」蛤蟆回應。「我只是在想，如果我能換到前座，坐在司機旁邊，就能呼吸到更多新鮮空氣，應該可以好得更快。」

「太太真聰明！」紳士說。「當然沒問題。」於是他們小心把蛤蟆攙扶到前座，坐到司機旁邊，再接著上路。

蛤蟆現在恢復得差不多了。他坐直身子，東張西望，使勁克制顫抖的衝動和飢渴難耐的情緒，但他對開車的嚮往和舊有的渴望還是湧上心頭，纏繞在胸口，從頭到腳控制住他。

「這是天意啊！」他暗自說。「何必死命克制？何必掙扎？」他轉身面向旁邊的司機。

「求求你，先生，」他說，「希望你能好心讓我開一會兒看看。我一路上都在仔細觀察你怎麼開，開車看起來很簡單又很好玩。可以的話，我真想跟朋友說我開過車。」

司機聽到這個請求，不禁開懷大笑。紳士見他笑得那麼開心，忍不住問怎麼回事。紳士聽完解釋後說：「厲害啊，太太！這精神我喜歡。就讓她開看看吧，看好她就行了，出不了什麼事的。」蛤蟆一聽，心情大好。

他迫不及待爬到司機讓出的駕駛座，兩手握住方向盤，裝出虛心受教的樣子，乖乖聽司機指示，接著發動車子。剛開始他瞻前顧後，開得很慢，因為他下定決心要小心駕駛。

後座的那些紳士拍手叫好，連連稱讚他。蛤蟆聽到他們說：「開得真好！想不到洗衣婦也能開得這麼棒，第一次就上手！」

蛤蟆把車速加快了一些，又繼續往上加，越開越快。

他聽到那些紳士大聲警告：「小心，洗衣婦！」他惱羞成怒，漸漸失去理智。

司機想奪過方向盤，卻被蛤蟆用手肘硬是按到座位上。車子全速衝刺，狂風迎面撲來，引擎轟轟作響，車身在腳下微微顛簸，把他意志薄弱的腦袋瓜迷得神魂顛倒。「什麼鬼洗衣婦！」他肆無忌憚大喊。「哇哈哈！本大爺就是蛤蟆，搶了車，越了獄，每次都能溜之大吉的蛤蟆！給我坐好了，讓你們見識一下車子真正的開法。你們可是落到大名鼎鼎、神乎其技、天不怕地不怕的蛤蟆手裡！」

車上一陣驚聲尖叫，大家起身撲向蛤蟆。「抓住他！」他們大叫，「抓住蛤蟆，這個偷我們車的壞蛋！綁起來，銬住他，拖到最近的警察局去！除掉這個不顧死活、禍害世間的蛤蟆！」

唉！他們本該三思而行，本該加倍謹慎，本該記得先讓車子停下，再做這種亂來的舉動。蛤蟆手裡的方向盤猛然打了半圈，車子撞進路旁的矮樹籬，大力彈跳出去，劇烈震了一下，車輪陷在給馬喝水的池子，攪起厚厚的爛泥。

蛤蟆回過神來，發現自己騰空飛起，往上猛衝，像隻燕子畫出優美的弧線。他很喜歡這個動作，心裡還冒出一個念頭，想著再這樣飛下去，他會不會長出翅膀，變成一隻蛤蟆鳥。就在這時，他咚的一聲，背部著地，重重落在柔軟又豐美的青青草原上。他坐起來，看見池子裡的汽車幾乎快滅頂，而那幾位紳士和司機被身上的長大衣拖住，在水裡苦苦掙扎，孤立無援。

蛤蟆迅速站起來，拔腿就跑，死命飛奔過鄉野，鑽過樹籬，跳過溝渠，咚咚咚踩過田野，直到上氣不接下氣，全身疲軟無力，非得放慢速度不可，才改用走的。等稍微喘過氣，有辦法靜下來思考，他就咯咯笑了起來，笑著笑著又變成捧腹大笑，後來笑得太厲害，不得不坐到樹籬下。「哇哈哈！」他欣喜若狂，自我陶醉地高呼。「蛤蟆又大顯神威啦！跟平常一樣，到頭來又是蛤蟆贏了！是誰讓他們載他一程？是誰拿呼吸新鮮空氣當藉口，想辦法坐到前座？是誰說服他們讓他坐上駕駛座，看他會不會開車？是誰讓他們統統掉進池子？是誰逃過一劫，毫髮無傷在空中開心飛翔，把那些心胸狹窄、小裡小氣、怕東怕西的遊客，丟在他們本來就該待的爛泥裡？哈，當然是蛤蟆啦！聰明的蛤蟆，偉大的蛤蟆，一級棒的蛤蟆！」

接著，他又突然放開嗓子熱唱。

汽車噗——噗——噗，

沿著馬路快快跑。

是誰把車開進池子？

就是神機妙算的蛤蟆先生！

「受不了，我真聰明！真聰明，真聰明，真真真聰——」這時背後遠遠傳來微弱的騷動聲，他轉過頭看。要命啊！慘了！死路一條啦！

大約在兩塊田地之外，出現一名穿著皮綁腿的私人司機，還有兩名高大的鄉下警察，他們正使出渾身解數飛奔過來。

可憐的蛤蟆馬上跳起來，再次撒腿跑開，緊張得心臟快跳了出來。「天啊！」他一邊氣喘吁吁地逃跑，一邊喘著粗氣說，「我真是大蠢蛋！就是個狂妄自大又輕率大意的笨蛋！又大搖大擺走在路上，大吼大叫唱起歌來，坐在地上放屁瞎扯！天啊，天啊，天啊！」

他扭頭瞥了一眼，看見他們逐漸追上來，嚇得魂飛魄散，奪命狂奔，一路上不斷回頭看，只見他們一步步趕上。他卯足全力衝刺，偏偏他是隻肥嘟嘟的短腿動物，再怎麼跑也只能讓後頭的人越追越近。他聽到那群人的腳步逼近身後，這下再也沒有心力去管什麼方向，只顧瘋狂亂跑，死命掙扎。他回頭看向一臉勝券在握的敵人，結果腳下猝不及防踩了個空，雙手在空中亂抓，緊接著撲通一聲，一頭栽進湍急的深水中。水流不停把他往前捲，威力強勁，不容抵抗。他這才意識到，在兵荒馬亂之際，自己直直衝進了河流。

他浮出水面，想抓住沿著岸邊生長的蘆葦和燈心草，可是水流太猛，硬生生把手裡的草一根根扯走。「媽呀！」可憐的蛤蟆倒抽一口氣說，「我再也不敢偷車，再也不敢唱自大歌了！」下一秒他又沉了下去，再浮上來的時候，氣都喘不過來，嗆得連連咳嗽吐水。過沒多久，他發現自己正靠近岸邊一個大黑洞，位置就在頭頂上方。河水把他沖過去時，他伸出一隻手，緊緊抓住洞口邊緣不放，然後使出吃奶的力氣，把自己慢慢撐出水面，最後總算把手肘擱在洞口邊。他氣喘吁吁，筋疲力盡，停在那裡休息幾分鐘。

他呼哧呼哧大口喘氣，注視著眼前漆黑的洞穴。忽然間，洞口深處閃爍著小小亮亮的光點，朝他這邊移動。隨著光點越靠越近，慢慢浮現出一張臉，是他熟悉的面孔。

一張棕色小臉，臉頰長有鬍鬚。

圓圓的臉神色嚴肅，還有一對端正的耳朵，一身柔順的毛髮。

原來是河鼠！

11「他的眼淚如夏日暴雨」[19]

河鼠伸出一隻乾淨好看的棕色小爪子，牢牢抓住蛤蟆的頸背，用力往上拉。全身溼透的蛤蟆動作雖然緩慢，但總歸是穩穩爬上洞口邊，最後安然無恙站在河鼠家的玄關。想當然他身上沾滿了泥濘和水草，水還不停從他身上滴滴答答流下。不過這會兒，他又恢復往常那副歡天喜地、興致高昂的模樣，因為他明白自己來到了朋友家，躲躲藏藏的日子已經結束，總算可以脫下這身配不上他身分地位的偽裝，也不用再煞費苦心裝模作樣。

「噢，河鼠兄！」他大喊。「打從上次見到你之後，我經歷了什麼大風大

19 原句為Like summer tempest came her tears，出自英國詩人丁尼生（Alfred Tennyson）的詩作〈他們帶她殞命的戰士回家〉（Home they Brought her Warrior Dead），此章標題將her改為his。詩作描述一名戰士喪命，戰士妻子接過遺體，沒有流一滴淚，直到奶媽把孩子帶到她身邊才崩潰痛哭，並說現在只為孩子而活。

浪，你絕對想像不到！那些考驗，那些磨難，我全都拿出英勇氣概承受下來！之後一次次逃亡脫身，喬裝打扮，施展妙計，全都經過我的聰明才智精心策畫並付諸行動。坐了牢，但當然逃出來了。被丟進運河，但我游上岸了。偷了馬，賣了一大筆錢。我把所有人騙得團團轉，讓他們全都按我的意思做，一點差錯也沒有！受不了，我就是隻聰明伶俐的蛤蟆，這麼說絕對沒錯！你猜我最近一次的英勇壯舉是什麼？別急，我這就告訴你……」

「蛤蟆，」河鼠板起臉，堅定地說，「給我馬上上樓。你那身破破爛爛的棉袍，簡直就像洗衣婦穿過的衣服，趕快脫下來，把自己從頭到腳洗乾淨，換上我的衣服。可以的話，打扮得紳士一點再下樓。我這輩子從沒見過比你更寒酸、更邋遢、更不得體的傢伙。好了，別再臭屁了，也別跟我吵，快去！等等我有話跟你說。」

蛤蟆本來還不願意住嘴，打算回敬他幾句。他在監獄已經受夠別人對他頤指氣使，現在這種破事顯然又要重演，而且使喚他的還是隻河鼠！然而，他無意間從帽架上方的鏡子瞥見自己的模樣，老舊的黑色軟帽俏皮地戴在頭上，歪歪斜斜遮住一隻眼睛。他馬上改變主意，一溜煙跑上樓，乖乖進到河鼠的更衣室。他從頭到腳洗刷一遍，換上衣服，站在鏡子前照了老半天，得意洋洋欣賞自己的英姿，心想那些把他誤認成洗衣婦的人，真是徹頭徹尾的白痴。

蛤蟆下了樓，看到午餐已經上桌，臉上不禁堆滿笑容。自從吃了吉普賽人那頓色香味俱全的早餐，他又歷經了幾番難熬的困境，吃了不少要耗費大量體力的苦頭，這會兒看到吃的當然很開心。用餐的時候，蛤蟆把他的冒險故事一一講給河鼠聽，特別著重在自己的聰明才智，還有危急時刻如何處變不驚，在緊要關頭他又有多機靈，說得就像經歷了一場多采多姿的歡樂冒險。可是他說得越多，牛皮吹得越大，河鼠的表情就越發嚴肅，話也越來越少。

蛤蟆嘰哩呱啦說個不停，等他終於說夠了才安靜下來。接著屋裡陷入一陣沉默，直到河鼠開口說：「聽著，蛤蟆兄，你已經吃了那麼多苦，我也不想讓你更難受，可是說真的，難道你就不明白，你把自己糟蹋成多糟糕的渾蛋嗎？你自己也招了，你上過鐐銬，蹲過監獄，挨過餓，被人追捕，嚇得魂飛魄散，嘗過嘲笑、侮辱的滋味，還丟人現眼，被扔進水裡，對方甚至是女的。這到底哪裡好玩？樂趣在哪？這一切都是因為你非要去偷車。你可知道，打從你第一眼看到汽車，就災難連連，一件好事也沒有。如果你執意就是要玩車，就像平常那樣，每次看到車子五分鐘就玩瘋了，也用不著偷吧？你覺得當殘廢很刺激，就去當吧。你一心想改變生活，體驗破產的滋味，就破產看看吧。幹麼偏要選擇當什麼階下因？你到底什麼時候才能懂事一點，為你的朋友著想，讓他們以你為榮？這樣說好了，你以為我走在路上，聽到別的動物說我朋友是吃牢飯的傢伙，我會高興嗎？」

話又說回來，蛤蟆的個性有一點非常令人欣慰，就是他心胸非常寬大，從來不介意聽真心交往的朋友嘮叨說教。就連面對他最執著的事物，也總能站在其他角度思考。雖然河鼠嚴詞厲色跟他講道理的時候，他還不停嘀嘀咕咕暗自反抗說：「但就真的很好玩嘛！好玩到不行！」同時壓低喉嚨發出「喀——喀——喀」和「噗——噗——噗」的怪聲，以及其他類似鼻子悶哼的聲音，偶爾還有打開汽水瓶的聲響，但是等河鼠全部說完，他反倒深深嘆了口氣，以非常乖巧、謙遜的口吻說：「一點也沒錯，河鼠兄！你向來就是這麼明辨是非。對，我一直以來就是個臭自大狂，這點我明白了。但是從現在開始，我打算當一隻善良的蛤蟆，再也不這麼鬧了。至於汽車呢，打從我掉進你那條河，我就沒那麼熱衷了。說實話，剛剛在你家洞口邊喘氣的時候，我靈機一動，想到一個很棒的主意，是跟汽船有關的點子。好啦，好啦，別激動，老兄，先別跺腳或生氣，不過就是想想而已，我們先不聊這個。來喝點咖啡，抽下菸，靜下來閒聊一下，然後我就要悄悄散步回蛤蟆莊園，換上自己的衣服，重新過上我以前的生活。我已經厭倦冒險了，現在只想安安穩穩、體體面面過日子，在莊園裡輕鬆自在做些瑣事，把家裡弄得更舒適，偶爾種種花、修修草，美化一下環境。朋友來找我的時候，隨時都有些吃的可以招待。以前我會備一輛有車篷的輕便馬車，到鄉間到處晃晃，那時的生活真美好，我還沒變得心浮氣躁，想搞這個搞那個，現在我想再備一輛這樣的馬車。」

「悄悄散步回蛤蟆莊園？」河鼠非常激動地大叫。「說這什麼話？你該不會還沒聽說吧？」

「聽說什麼？」蛤蟆問，臉色倏地變白。「接著說啊，河鼠兄！快點，有話直說！我沒聽說什麼？」

「你的意思是，」河鼠大聲說，小小的拳頭捶了下桌面，「你壓根兒沒聽說白鼬和黃鼠狼的事？」

「什麼？野森林那幫動物？」蛤蟆大喊，渾身打顫。「沒有，一個字也沒聽說！他們幹了什麼好事？」

「沒聽說他們怎麼跑到蛤蟆莊園，霸占那裡？」河鼠接著說。

蛤蟆把手肘靠在桌上，手掌托住下巴，兩隻眼睛湧上一大顆淚珠，從眼眶奪了出來，啪嗒啪嗒落到桌上。

「接著說，河鼠兄，」過了一會兒，他喃喃說，「一五一十告訴我吧。最糟糕的已經過去了，我現在不一樣了，可以承受住的。」

「你搞上那個……就是那個……麻煩的時候，」河鼠話說得很慢，語氣格外鄭重，「我是說，你因為那椿……那椿跟車子有關的誤會，呃，在社交圈消失了一陣子，就是那時候……」

蛤蟆只是點點頭。

「呃，這件事自然到處議論紛紛，」河鼠繼續說，「不只河岸這一帶，連野森林那裡也是。動物跟平常一樣分成兩派。河岸的居民很挺你，說你冤枉受罪，現在世道根本沒有公理可言。可是野森林那些動物，他們嘴巴很壞，說你自作自受，還說是時候該制止這類爛事了。他們變得非常狂妄，到處說你這次完蛋了，永遠、永遠回不來了！」

蛤蟆默不作聲，又點了點頭。

「他們那幫小畜生就是這樣。」河鼠接下去說。「不過鼴鼠和獾始終站在你這邊，哪怕處境再艱難也不離不棄，堅信你很快就會回來。他們不知道具體是靠什麼法子，但總歸一定會回來的。」

蛤蟆又慢慢坐直身子，露出一絲得意的笑容。

「他們拿過去的案件來幫你辯解，」河鼠接著說，「他們說，從來沒有哪條刑法治得了像你這樣肆無忌憚、能言善道、口袋又那麼深的被告。所以他們倆商量了一下，決定把自己的行李搬到蛤蟆莊園，睡在那裡，保持屋子通風，把大大小小的事都先打理好，就等你回來。當然，他們沒有料到之後會發生這種事，只是不太放心野森林那些動物。現在我要來說最痛苦、最悲慘的部分了。有一天晚上，天色黑得伸手不見五指，外頭刮著狂風，下著傾盆大雨，一支黃鼠狼大隊全副武裝，神不知鬼不覺沿著車道潛行到大門口。同一時間，一群雪貂不顧死活，從果菜園一路挺進，占領了後院和工作間。還有一幫打打鬧鬧的白鼬不擇手段，霸占了溫室和撞球間，占據通往草坪的落地窗。

「當時鼴鼠和獾在吸菸室，坐在火爐旁聊天。當天晚上那種鬼天氣，照理根本不會有動物出門，所以他們完全沒有察覺哪裡不對勁。就在這時候，那些殺氣騰騰的壞蛋破門而入，從四面八方圍攻上來。他們倆拚盡全力抵抗，但那有什麼用？他們赤手空拳，又被打個措手不及，兩隻動物哪可能敵得過好幾百隻動物大軍？那幫傢伙抓住這兩隻忠心耿耿的可憐動物，用棍棒痛打一頓，把他們趕到外面淋雨受凍，還亂罵一通很不恰當的粗話侮辱他們。」

說到這裡，無情無義的蛤蟆突然竊笑一聲，又立刻收斂起來，裝出一副格外嚴肅的樣子。

「從那天起，那些野森林的傢伙就住在蛤蟆莊園，」河鼠繼續說，「隨心所欲過日子。他們有一半的時間都賴在床上，一天到晚都在吃早餐，聽說屋裡亂七八糟，簡直讓人不忍直視。吃你的，喝你的，拿你開惡趣味的玩笑，唱些不入流的歌，歌詞淨扯些什麼，呃，就是監獄、法官、警察之類的，反正就是些人身攻擊的歌，可惡死了，根本不幽默。他們還跟商人和所有人放話，說要永遠住在那裡。」

「哼，他們敢！」蛤蟆邊說邊站起身，抓起一根棍棒。「我馬上去給他們好看！」

「沒用的，蛤蟆！」河鼠在他身後大喊。「你最好回來坐下，去了只是自討苦吃。」

可是蛤蟆這時已經走出門，誰也攔不住他。他一路上大步流星，肩頭扛著棍子，怒氣沖沖嘟囔個不停，走到自家大門附近。突然間，柵欄後面冒出一隻身形修長的黃色雪貂，手裡握著一把槍。

「來者何人？」雪貂尖聲質問。

「少廢話！」蛤蟆大發脾氣說。「你什麼意思，竟敢這樣對我說話？馬上給我滾出來，不然我就……」

雪貂沒有吭聲，直接把槍舉到肩上。蛤蟆機警地趴倒在路面，「砰！」一顆子彈從頭上呼嘯而過。

蛤蟆嚇了一跳，匆忙爬了起來，死命往回跑，耳邊還能聽到雪貂放聲大笑，接著又傳來其他尖細微弱的可怕笑聲。

他垂頭喪氣回到河鼠家，把經過告訴了河鼠。

「我怎麼跟你說的？」河鼠說。「沒用的，他們有守衛站崗，個個都配戴武器。你必須靜待時機。」

儘管如此，蛤蟆還是不想馬上認輸。他把船划出來，往上游前進，來到跟他家花園相接的河邊。

到了可以看見老家的位置，他靠在槳上，仔細觀察陸地上的情況。一切顯得非常平和，一隻動物也沒有，四周靜悄悄的。蛤蟆莊園的正面一覽無遺，在夕陽的餘暉下散發耀眼的光芒。鴿子三三兩兩排排站在筆直的屋頂上，花園裡繁花錦簇，一旁流淌著通往船庫的小河，河上橫跨一座木橋。一切是那麼靜謐，沒有動物居住的樣子，顯然是在等莊園主人歸來。蛤蟆心想，還是先到船庫看看。於是他提高警覺，小心划到小河河口，哪知正要從橋下通過時，砰隆！

一塊大石頭從上面掉下來，砸破船底，小船灌進河水，沉了下去。蛤蟆在深水中苦苦掙扎，抬頭一看，發現兩隻白鼬靠在小橋的護欄上，齜牙咧嘴笑著看他。「下次就瞄準你的腦袋瓜囉，蛤蟆兄！」他們衝他大喊。滿腔怒火的蛤蟆游到岸邊，兩隻白鼬捧腹大笑，笑到不能自己，還互相扶著繼續笑，笑到後來差點岔氣兩次——當然是一隻白鼬一次。

蛤蟆筋疲力盡，拖著腳往回走，把這回教人洩氣的經過也告訴河鼠。

「哼，不是早跟你說了嗎？」河鼠氣鼓鼓地說。「給我聽好了，你看你做了什麼！把我心愛的船弄丟，這就是你做的好事，還毀了我借給你的那套漂亮衣服！說真的，蛤蟆，你實在是全天下數一數二惱人的傢伙，我真不知道你還能留住什麼朋友！」

蛤蟆立刻意識到自己的行為有多不應該，又有多愚蠢。他承認自己犯了錯還執迷不悟，並為弄丟小船和弄壞衣服的事向河鼠鄭重道歉。末了，他坦率向河鼠屈服。每次只要用這種方式說話，他的朋友就不會繼續責備他，也會重新站在他這邊。他說：「河鼠兄，我知道，我一直以來就是隻固執己見又任性的蛤蟆。相信我，從今以後，我一定會謙虛、聽話，不管做什麼，都會先請教你的好心意見，徵求你百分之百的同意再行動。」

「如果真是這樣，」好心腸的河鼠已經平息心中的怒火，「那麼我的意見就是，現在時間很晚了，先坐下來吃晚餐，馬上就可以上桌了。要耐住性子等，因為我很確定，我們得先見到鼴鼠和獾，聽聽他們帶來的最新情報，再就這件棘手的事開會一下，看他們有什麼建議，才知道該怎麼做。」

「哦，啊對耶，當然少不了鼴鼠和獾。」蛤蟆漫不經心地說。「這兩位親愛的好兄弟現在怎麼樣了？我完全忘了他們的存在。」

「你還知道要問啊！」河鼠責備他說。「在你開著昂貴的汽車到處亂跑，得意洋洋騎著純種馬四處奔馳，大口吃著豐盛早餐的時候，那兩隻忠心的可憐動物卻頂著各種天氣在野外搭帳篷，白天過得苦不堪言，晚上怎麼睡都不舒服。他們還替你照看房子，沿著邊界巡邏，時時刻刻盯著白鼬和黃鼠狼，想方設法、沙盤推演怎麼幫你奪回莊園。蛤蟆，你真不配擁有這麼真誠、忠心的朋友，真的不配。總有一天，你會後悔沒有趁他們還是朋友的時候，多珍惜這份友誼，但那時候後悔莫及了。」

「我知道，我就是個忘恩負義的傢伙。」蛤蟆嗚嗚咽咽說，流下了苦澀的淚水。「我要出去找他們，到外頭寒冷漆黑的夜裡，跟他們同甘共苦，努力證明……等一下！這叮鈴噹啷的聲音，絕對是托盤上的碗盤發出來的。晚餐終於好了，萬歲！快來，河鼠兄！」

河鼠一想到可憐的蛤蟆吃了好一段時間的牢飯，就覺得必須寬宏大量，多諒解蛤蟆一點。所以他跟著蛤蟆來到餐桌，親切款待蛤蟆，要他拿出英雄豪氣，放開來大吃大喝一頓，好好彌補過去那段受苦的日子。

他們剛吃完晚餐，回扶手椅上坐下，就聽到門口傳來重重的敲門聲。

蛤蟆神情緊張，河鼠卻神祕兮兮朝他點了點頭，直接走過去開門，進門的是獾先生。

他的樣子彷彿已經好幾天沒回家，沒有得到家裡一絲絲的舒適和便利。鞋子沾滿泥巴，氣色看上去很不好，頭髮亂糟糟的。不過話又說回來，就算在獾狀態最好的時候，他也從來沒有打扮得多俐落體面。他神情凝重走到蛤蟆面前，伸出爪子握握蛤蟆的手，說：「歡迎回家，蛤蟆！唉，我在說什麼？家什麼家！這次回家還真慘，不幸的蛤蟆啊！」說完他便轉過身，坐到餐桌前，往前挪了下椅子，伸手拿一大塊冷派。

在蛤蟆聽來，獾問候的方式非常嚴肅又帶有不祥的預兆，害他心裡七上八下。不過河鼠用氣音小聲對他說：「沒事的，別放在心上，現在先別跟他講話。每次只要他肚子餓扁，就會特別低落沮喪。半小時後，就會變另一個樣子了。」

於是他們靜靜等待。過沒多久，又傳來一陣敲門聲，不過這會兒比較輕。河鼠朝蛤蟆點了下頭，走到門口，把鼴鼠領了進來。鼴鼠衣衫襤褸，渾身髒兮兮的，身上的毛還沾著乾草和莖稈。

「太好了！蛤蟆兄回來啦！」鼴鼠眉開眼笑，大聲歡呼。「真高興你回來了，還真意外啊！」他繞著蛤蟆手舞足蹈。「我們做夢也沒想到你這麼快就回來！啊哈，你一定是設法逃出來的，你這聰明伶俐、足智多謀的蛤蟆！」

河鼠心跳漏了一拍，連忙拽了下鼴鼠的手肘，可是太晚了，蛤蟆已經一臉神氣地鼓起身子，得意了起來。

「聰明？噢，沒有的事！」他說。「朋友都說，我其實沒那麼聰明。我不過是逃出全英國戒備最森嚴的監獄，這樣而已！我不過是劫持一班火車，搭車逃亡，這樣而已！我不過是喬裝打扮，到處把人騙得團團轉，這樣而已！噢，過獎了，我就是個蠢蛋，真的！鼴鼠，我來給你講一兩段我的小小冒險，聽完後你再自己判斷。」

「好啊，好啊，」鼴鼠邊說邊往餐桌走，「不如我一邊吃，你一邊說。從早上那頓之後，我到現在什麼都沒吃。天啊，真要命！」他坐下來，大口大口嚼冷牛肉和醃黃瓜。

蛤蟆叉開雙腿，站在壁爐前的地毯上，把一隻手伸進褲子口袋，掏出一把銀幣。「你瞧瞧！」他一面秀給鼴鼠看，一面大聲說。「幾分鐘就弄到這些，不賴吧？鼴鼠，你猜我怎麼辦到的？賣馬，就靠這個！」

「然後呢，蛤蟆？」鼴鼠興致勃勃地問。

「蛤蟆，別說了，拜託！」河鼠說。「鼴鼠，你明知道他本性是怎樣，少慫恿他了。好不容易蛤蟆回來了，倒是請你趕快告訴我們目前情況如何，該怎麼做才好。」

「情況糟到不能再糟，」鼴鼠回答，窩著一肚子火，「至於要怎麼做，唉，天曉得！我跟獾從早到晚都在那裡轉來轉去，結果始終一樣。到處都有守衛站崗，槍口瞄準我們，朝我們丟石頭。無時無刻都有動物保持警戒，他們一看到我們，媽呀，那笑得是無法無天，最讓我火大的就是這個！」

「確實很棘手。」河鼠苦思冥想說。「不過，這下我倒想起來了，蛤蟆真正應該做的是什麼。跟你們說，他應該……」

「不對，他不該這麼做！」嘴裡塞滿食物的鼴鼠大喊。「絕對不行！你不懂，他應該做的是……」

「哼，天塌下來我也不幹！」蛤蟆激動地大叫。「我才不要聽你們這些傢伙差遣！現在討論的是我的房子，我很清楚該怎麼做。聽好了，我要……」

他們三隻動物把嗓門扯到最大，同時大吼大叫，吵得簡直要把耳朵震聾。就在這時，他們聽到一個毫無情緒起伏的尖細聲音說：「你們三個，給我安靜！」一瞬間，屋裡鴉雀無聲。

那是獾在說話。他剛吃完派，坐在椅子上轉過身，用威嚴的目光盯著他們。眼見他們已經把注意力集中在自己身上，一看就是在等他發話，便轉回去面向餐桌，伸手拿了起司。這隻備受景仰的動物個性穩重可靠，深受大家敬重，而且這份敬意之深，一直到他用完餐，拍掉大腿上的碎屑，在場都沒有一隻動物吭聲。雖然蛤蟆心浮氣躁，老是動來動去，但河鼠把他牢牢按住。

獾吃飽後，從座位上站起來，走到壁爐前，沉思良久後才開口。

「蛤蟆，」他正言厲色說，「你這個愛惹事的小壞蛋！你就不覺得丟臉嗎？你父親可是我朋友，你好好想想，要是他今晚在這裡，也知道你的所作所為，他會怎麼說？」

蛤蟆原本在沙發上翹腿坐著，聽到這裡，直接轉頭把臉埋進沙發，抽抽搭搭哭了起來，流下懊悔的眼淚，身子不停顫抖。

「好了，好了。」獾接著說，語氣軟化下來。「沒關係，別哭了。過去的事就不追究了，改過自新，重新開始吧。不過鼴鼠說的千真萬確，到處都有白鼬站崗戒備。他們是全天下最精銳的守衛，直接攻進去簡直是痴人說夢。那些傢伙的戰力太強了，我們打不過的。」

「這下真的玩完了。」蛤蟆埋進沙發墊抱頭痛哭，嗚嗚咽咽說。「我還是去當兵吧，這輩子別想再見到我心愛的蛤蟆莊園了。」

「唉呀，振作點，蛤蟆老弟！」獾說。「奪回丟掉的土地有不少辦法，不是非得單靠武力硬碰硬。我剛剛還沒把話說完。聽好了，我有個天大的祕密要告訴你們。」

蛤蟆慢慢坐起來，抹掉眼淚。祕密總能把他勾得心癢癢，因為他永遠守不住祕密，而且每次信誓旦旦說絕不洩漏後，就會跑去告訴其他動物，他就喜歡那種罪惡的刺激感。

「有一條地道，」獾放慢語速並加重語氣說，「從離這裡不遠的河岸，直直通向莊園中央。」

「喂，獾，別亂講！」蛤蟆不當一回事地說。「你一定是聽多了酒館那邊亂扯的閒話。蛤蟆莊園裡裡外外，沒有一個地方我不知道。我跟你保證，絕對沒有什麼地道！」

「小夥子，」獾的口氣非常嚴肅，「你父親德高望重，比我認識的一些動物可敬多了。他是我的摯友，跟我說了很多他做夢也不敢告訴你的事。那條地道是他發現的，當然不是他建的，而且在他住進去之前就已經挖好了，有幾百年歷史。他想說，說不定哪天遇到麻煩或危險，那裡就能派上用場，所以整修了一番，把地道清理出來，還帶我去看過。他說：『別讓我兒子知道這裡。他是個好孩子，但就是個性浮躁，情緒變化大，管不住嘴巴。萬一他真的遇到麻煩，這條祕密地道又能發揮作用，到時候再告訴他吧，在那之前千萬別跟他說。』」

另外兩隻動物直勾勾盯著蛤蟆，看他怎麼反應。剛開始蛤蟆臉還有點臭，不過很快又笑容滿面，恢復平常的模樣。

「算了，算了，」他說，「也許我是有點大嘴巴啦。我人緣那麼好，朋友常圍著我轉，大家開開玩笑，分享些機智幽默的故事，聊天聊到興頭上，不知不覺就說溜嘴了。我口才天生就很好，還有人建議我去主持沙龍——天知道沙龍是什麼。不說了，不說了。獾，接著講吧，你這條地道對我們有什麼幫助？」

「最近我打探到一兩件新情報。」獾接下去說。「我叫水獺喬裝成掃煙囪的清潔工，肩上扛著煙囪刷，到莊園後門問有沒有差事可做。結果發現，明天晚上那裡要辦一場盛大的宴會，聽說是要慶生，我猜應該是黃鼠狼老大的生日。到時候黃鼠狼會統統聚集到宴會廳，一起吃吃喝喝、打鬧狂歡，不會有半點戒心。沒有槍，沒有劍，沒有棍棒，什麼武器也沒有！」

「可是那些守衛還是會照常站崗。」河鼠點出問題。

「沒錯，」獾說，「這就是重點。黃鼠狼會百分之百信賴他們精銳的守衛，這時候地道就能派上用場。它直通宴會廳旁邊的餐具室，幫助可大了！」

「啊哈！餐具室有塊地板老是嘎吱嘎吱叫。」蛤蟆說。「這下我懂了！」

「我們可以神不知鬼不覺爬進餐具室。」鼴鼠大聲說。

「帶上手槍、劍和棍棒。」河鼠高喊。

「衝進去撲向他們。」獾說。

「痛扁他們，打啊，打啊，打啊！」蛤蟆欣喜若狂亂吼亂叫，在屋裡繞圈跑，跳過一張又一張椅子。

「那好，」獾又恢復平常沒有情緒起伏的語調，「計畫就這麼定了，你們也沒什麼好再爭論或鬥嘴的了。好啦，時間很晚了，趕快去睡覺。明天早上再來處理該安排的事。」

蛤蟆二話不說，乖乖跟大家上床睡覺。雖然他心情很亢奮，根本睡不著，但他明白拒絕不是明智的選擇。他今天真的累壞了，一天之內經歷了一連串波折，加上之前還是睡在時不時有冷風吹進來的牢房，躺在只鋪著稀疏乾草的石板地上，這會兒床單和毯子實在又舒服又令人安心。他倒頭躺在枕頭上沒幾秒，就幸福地打起呼嚕。這天他自然做了很多夢，夢見他正需要找路的時候，路竟然從他身邊跑掉；夢見運河追著他跑，把他一把抓住；夢見他在舉辦晚宴的時候，一艘駁船開進宴會廳，船上載著他這星期要洗的衣服；夢見他隻身在祕密地道奮力往前走，結果地道卻扭來扭去，轉過去甩了甩身子，到了盡頭還一頭坐了起來；不過回過神來，他還是平安凱旋而歸，回到蛤蟆莊園，所有朋友圍在身邊，滿心真誠跟他保證，他真的是一隻聰明的蛤蟆。

第二天早上，蛤蟆很晚才起床，下樓時發現其他動物已經吃完早餐好一陣子。鼴鼠單獨溜了出去，沒有說要去哪。獾坐在扶手椅上看報紙，對當天晚上的行動一點也不擔心。只有河鼠不一樣，他忙著在屋裡來回奔走，懷裡抱著各式各樣的武器，把每一樣在地上分成四堆。他邊跑邊在嘴裡念念有詞，亢奮地說：「這把劍給河鼠，這把劍給鼴鼠，這把劍給蛤蟆，這把劍給獾。這把手槍給河鼠，這把手槍給鼴鼠，這把手槍給蛤蟆，這把手槍給獾。」就這樣，他不停分下去，動作有條不紊，帶有自己的節奏，而那四小堆武器也越堆越高。

「河鼠，這麼做好是好，」獾不久後從報紙邊上盯著眼前忙碌的小動物說，

「我不是在怪你。可是只要我們避開白鼬，躲開那些可惡的槍，我保證一定用不到劍或手槍。我們四個拿著棍棒進到宴會廳，哈，不用五分鐘就能把他們全部打跑。這次行動我本來打算自己搞定，但想想又不想剝奪你們的樂趣。」

「保險一點也無妨嘛。」河鼠斟酌後說，同時用袖子擦亮手槍槍管，舉起槍作勢瞄準。

蛤蟆吃完早餐後，拿起一根結實的棍棒，精力旺盛地大力揮舞，痛打假想中的敵人。「敢偷我房子，我要修理他們！」他咆哮說。「修理他們，修理他們！」

「不要說『修理他們』，蛤蟆。」河鼠十分震驚地說。「這用詞不好。」

「你為什麼老是找蛤蟆的碴？」獾的口氣有點惱火。「他用詞哪裡不好？我自己也這麼用。如果我覺得沒問題，你也該這麼想！」

「真對不起。」河鼠低聲下氣說。「我只是覺得應該是『教訓』他們，不是『修理』他們。」

「但我們不想教訓他們。」獾回說。「我們想修理他們，就是修理，狠狠修理一頓！不光是這樣，我們馬上就要動手！」

「好吧，算了，你說什麼就什麼。」河鼠說，連他自己也有些糊塗了。說完他就退到角落。雖然是在嘴裡喃喃自語，但大家都能聽到他說：「修理他們，教訓他們，教訓他們，修理他們！」直到獾略帶火氣叫他住口才停下。

過沒多久，鼴鼠踉踉蹌蹌跑進屋裡，一臉非常得意。「剛剛真痛快！」他一進來就說，「我把白鼬惹毛了！」

「但願你沒有輕率亂來，沒有吧，鼴鼠？」河鼠憂心忡忡說。

「我也希望沒有啦！」鼴鼠信心十足地說。「我早上到廚房，想看蛤蟆的早餐還熱不熱，恰巧發現他昨天穿回來的破舊衣服，就是洗衣婦那件，還掛在壁爐前的毛巾架上。當下我靈機一動，把衣服穿上，戴上軟帽，披上披肩，大搖大擺出發去蛤蟆莊園。那時當然有守衛拿著槍放哨，大喊『來者何人？』之類的廢話。我畢恭畢敬說：『早安，先生！今天有衣服要洗嗎？』他們板著臉，用非常傲慢自大的眼神看著我說：『滾開，洗衣婆！我們在值勤，沒有衣服要洗。』我回說：『不用值勤的時候呢？』哈哈哈，蛤蟆，我回得是不是很妙？」

「可憐、輕浮的傢伙！」蛤蟆非常高傲地說。事實上，他對鼴鼠剛才做了這件好事嫉妒到不行。要是他先想到這個主意，要是他沒有睡那麼晚，這完完全全就是他自己會想做的事。

「有的白鼬氣得臉都紅了，」鼴鼠繼續說，「管他們的頭頭很不客氣地衝著我說：『快滾，這位太太，滾！別讓我手下在崗位上偷懶聊天。』我回他：『要我滾？過不了多久，要滾的傢伙就不是我囉！』」

「天啊，鼷鼠兄，你怎麼能那樣說？」河鼠錯愕又失望地說。

獾放下報紙。

「我看到他們豎起耳朵，彼此交換眼神，」鼷鼠接著講下去，「那個頭頭跟他們說：『別理她，她連自己在說什麼瞎話都不知道。』」

「我又說：『噢，是嗎？好吧，我就來告訴你們。我女兒呢，幫獾先生洗衣服，這下就可以證明，我到底知不知道自己在說什麼了，而你們也很快就會明白是怎麼回事。就在今晚，一百隻殺人不眨眼的獾準備扛著來福槍，從馬場殺進蛤蟆莊園。滿滿六條船的河鼠，帶著手槍和彎刀，沿著河流從花園登陸。還有一支精挑細選、獲封為敢死隊的蛤蟆軍，這些以殺身成仁為信念的蛤蟆，會高喊為復仇而戰，大舉進攻果園，不費吹灰之力拿下壓倒性勝利。趁現在還來得及，趕緊逃命吧，不然等他們把你們收拾掉，就剩不了多少活口需要洗衣服囉！』說完後我轉頭就跑，跑到他們視線之外再躲起來，順著溝渠悄悄爬回來，途中還從樹籬後面偷看他們一眼。他們全都緊張得要命，一個個手忙腳亂，往四面八方到處亂竄，互相撞來撞去，摔得東倒西歪。每隻動物都在發號施令，但誰也沒有在聽。

他們的頭頭派出一隊又一隊白鼬到莊園邊界，然後又派其他手下把他們叫回來。我聽到他們之間在說：『這就是黃鼠狼的作風。他們舒舒服服待在宴會廳，大吃大喝，舉杯慶祝，唱歌狂歡，我們卻得在冷颼颼的黑夜站崗，到頭來還落得被殺人不眨眼的獾砍成碎片的下場。』」

「天啊，鼴鼠，你這蠢蛋！」蛤蟆大叫，「你把事情全搞砸了！」

「鼴鼠，」獾平靜地說，情緒沒有一絲起伏，「我看，你小小的手指擁有的聰明才智，比有些動物全身的肥肉加起來的才智還高。你做得太好了，我對你有很高的期望。好一隻出色的鼴鼠，聰明的鼴鼠！」

蛤蟆簡直嫉妒得要抓狂了，尤其他再怎麼絞盡腦汁想，還是想不通鼴鼠做的事到底哪一點那麼聰明。不過走運的是，他還沒來得及發脾氣，陷入被獾挖苦的窘境，午餐鈴就響了。

午餐菜色簡單但很有飽足感，有培根、蠶豆、通心粉布丁。差不多都用完餐後，獾坐到扶手椅上，說：「嗯，我們今晚得費不少力氣，可能要到很晚才會結束，所以趁現在還有點時間，我要小睡一下。」他掏出一條手帕蓋到臉上，不一會兒就打起呼來。

焦躁不安的河鼠又勤奮起來，馬上繼續他的準備工作，在四小堆武器之間跑來跑去，嘴裡念叨著：「這條腰帶給河鼠，這條腰帶給鼴鼠，這條腰帶給蛤蟆，這條腰帶給獾。」每增加一樣裝備，就念一次，看起來真的沒完沒了。於是鼴鼠挽起蛤蟆的手臂，把他帶到屋外，推到一張藤椅上坐下，要他把所有冒險故事從頭到尾講給他聽，蛤蟆當然樂意得不得了。鼴鼠很擅長傾聽，至於蛤蟆呢，這會兒沒人打斷他跟他確認事實，也沒人很不客氣地批評他，他便把話匣子打開，暢所欲言。說實在的，他講的大多屬於那種「要是我及時想到，而不是十分鐘後才想到，可能就會這樣那樣」的話。這類事情往往是最精彩、最刺激的冒險，為什麼不把它看作我們的真實經歷，並賦予跟那些實際發生但有些無趣的事情同等的價值？

12 尤里西斯賦歸[20]

天色漸漸暗下來，河鼠一副興奮又神祕的樣子，把大家召回客廳，讓他們站在各自的武器堆旁邊，著手幫他們穿戴裝備，迎接即將展開的征戰。他非常認真，不放過任何一絲細節，花了不少時間才幫大家穿戴妥當。他先幫每隻動物繫上腰帶，再把劍插在腰帶其中一邊，另一邊插上彎刀平衡重量。接著還有一對手槍、一根警棍、幾副手銬、一些繃帶和貼傷口的膠布、一個扁形小水壺、一盒三明治。獾和氣地笑著說：「行了，河鼠！這事你做得開心，對我也沒壞處。我呢，只打算用這根棍子，就把該做的事統統搞定。」河鼠只回說：「獾，行行好吧。你也知道，我不想讓你事後怪我忘東忘西。」

20 尤里西斯（Ulysses），亦即希臘荷馬史詩《奧德賽》（*Odyssey*）的主角奧德修斯（Odysseus）。尤里西斯為奧德修斯的拉丁文音譯。史詩中，奧德修斯離家出征，經過漫長歷險後才返回家鄉，不料返鄉後發現自家被妻子的一群求婚者霸占，經過一番努力，才成功與妻兒團聚。

一切準備就緒後，獾一手提著可以調整燈光明暗的提燈，一手緊握他的大棍棒，跟大夥說：「好，跟我來！鼴鼠排第一個，因為我對他很滿意，河鼠排中間，蛤蟆殿後。聽好了，蛤蟆老弟，不許像平常那樣嘰哩呱啦的，不然我一定會把你趕回去，我說到做到。」

蛤蟆生怕被孤立，連句怨言也沒有，就站到分配給他的下等位置，隨後全員動身出發。獾帶大家沿著河邊走了一小段路，突然間，他爬下河岸，盪進一個略高於水面的洞穴。鼴鼠和河鼠也默默照著獾的方式，順利盪進洞裡。然而輪到蛤蟆的時候，他果不其然滑了一跤，掉到河裡，發出響亮的撲通聲，還伴隨一陣驚聲尖叫。幾位朋友把他拉上來，匆匆幫他擦身子，擰乾衣服，安撫一下，再扶他站起來。獾大發雷霆，說他再犯蠢一次，絕對會丟下他。

就這樣，他們總算進入祕密地道，展開地下行動！

地道裡面低矮狹窄，陰暗潮溼，涼意不斷襲來。可憐的蛤蟆打起冷顫，一半是因為害怕前方會遭遇危險，一半是因為他全身溼透。提燈在前面很遠的地方，他在一片漆黑之中難免有點脫隊。這時他聽到河鼠大喊一聲，警惕他說：「快跟上，蛤蟆！」一陣恐懼湧上蛤蟆心頭，他深怕被孤零零丟在黑暗中，趕緊拔腿「跟上」，結果衝得太快，一頭撞倒河鼠，河鼠又撞倒鼴鼠，鼴鼠又撞倒獾。一時之間，所有動物亂成一團。貛以為敵人從後面襲擊，考量到地道空間太小，沒辦法用棍棒或彎刀，他拔出手槍，準備朝敵人開火，差點就讓蛤蟆吃子彈。弄清楚事情原委後，他簡直氣炸了，直言：「這回一定要丟下這個討厭的傢伙！」

可是看到蛤蟆低聲啜泣，另外兩隻動物又保證會為他負責，確保他行為良好，貛的怒氣又消了下去。隊伍繼續前行，只是現在換河鼠殿後，由他牢牢抓住蛤蟆的肩膀。

他們豎起耳朵，一路摸著微弱的光線前進，拖著腳慢慢走，兩隻手擱在槍上。走了一會兒，貛總算開口說：「現在離莊園的地下應該很近了。」

忽然間，他們聽到一陣雜亂的細碎聲音，像是有群動物在大聲嚷嚷，高聲歡呼，大力跺地板，猛捶桌子。聲音感覺遠在天邊，但很明顯就在頭頂上方附近。蛤蟆神經兮兮，恐懼又襲上心頭，而貛只是平靜地說：「玩得正痛快呢，那幫黃鼠狼！」

走著走著，地道逐漸向上爬升，他們又摸著微光前進了一些，而喧鬧的聲音又猛然傳進耳朵。這回聽得非常清楚，就在他們上方，非常近。「萬歲，萬歲，萬萬歲！」的歡呼傳了過來，還有小腳跺地的聲音，交雜著小拳頭捶桌子時玻璃杯叮叮噹噹碰撞的聲響。「他們玩翻天了！」貛說。「走吧！」他們沿著地道加快腳步，走到盡頭才停下，發現自己正站在通往餐具室的活板門下方。

宴會廳裡一片鬧哄哄的，他們絲毫不用怕被聽見。獾說：「就是現在，兄弟們，一起用力！」四隻動物用肩膀頂住活板門，使勁往上推，齊心協力爬了上去。他們站在餐具室，和宴會廳只隔一扇門，而那些毫不知情的敵人正在門後暢飲狂歡。

他們從地道爬出來的時候，喧鬧的聲浪簡直要震破耳膜。過了一會兒，歡呼和捶打的聲音漸漸平息，可以聽到有個聲音越來越清晰，那聲音說：「好了，我不打算耽誤大家太久。」（熱烈掌聲）「不過在我坐下之前，」（又是一陣歡呼）「我想敬我們好客的東道主蛤蟆先生幾句。在座都認識蛤蟆，」（哄堂大笑）「善良的蛤蟆，謙虛的蛤蟆，誠實的蛤蟆！」（歡聲尖叫）。

「我來給他好看！」蛤蟆咬牙切齒小聲說。

「再忍一下！」獾說，費了好一番力氣才攔下他。「大家準備好！」

「我來給各位唱一支小曲，」那聲音繼續說，「這是我拿蛤蟆當主題編的。」（掌聲持續一段時間）。

接著，黃鼠狼老大（沒錯，就是他），開始用尖銳刺耳的嗓音高歌：

「蛤蟆出門尋歡作樂，
快快樂樂上大街……」

獾挺直腰桿，雙爪緊握棍棒，看了戰友一眼，大喊：

「就是現在，跟我來！」

他猛地把門甩開。

天啊！

現場又是嚎叫，又是慘叫，又是尖叫，刺耳的叫聲響徹雲霄！

四名大英雄怒氣沖沖，大步進攻宴會廳。就在這嚇死人不償命的一刻，嚇破膽的黃鼠狼紛紛竄到桌子下，或發狂似地奔向窗戶；雪貂群起失控，一窩蜂衝向壁爐，在煙囪擠成一團，想逃也逃不出去；桌椅東倒西歪，玻璃杯和瓷器碎成一地，場面陷入一片驚慌混亂。孔武有力的獾，臉上的觸鬚一根根豎起，粗大的棍棒在空中揮得呼呼作響。一身烏黑的鼴鼠面目猙獰，舞著棍棒威嚇敵人，高喊讓人不寒而慄的進攻口號：「鼴鼠來了！鼴鼠來了！」河鼠帶著各個年代各個種類的武器，把腰帶插得滿滿當當，抱著不可動搖的決心豁了出去。蛤蟆一來因為情緒激動，二來因為自尊受傷，陷入了狂暴的狀態，身體鼓成平常的兩倍大，跳到空中使出蛤蟆的咯咯狂吼功，嚇得敵人骨寒毛豎。「蛤蟆出門尋歡作樂！」他大吼。「我就拿你們作樂！」說完直接撲向黃鼠狼老大。他們總共也才四隻動物，但在驚慌失措的黃鼠狼看來，宴會廳彷彿滿是灰色、黑色、棕色、黃色的可怕怪物在嘶吼亂叫，揮著巨大的棍棒。黃鼠狼嚇得屁滾尿流，尖叫聲此起彼落。他們往四面八方逃竄，有的跳窗，有的爬煙囪，只要不被那些恐怖的棍棒打到，逃到哪裡都好！

作戰很快就結束了。四位好友在宴會廳裡來回大步巡視，看到哪裡有腦袋瓜冒出來，就請他吃一頓棍棒。不到五分鐘，屋裡就掃蕩完畢。從破碎的窗戶那頭，他們隱約聽到驚魂未定的黃鼠狼在草地上尖叫逃命。屋內地上趴著十幾個無力逃跑的敵人，鼴鼠正忙著給他們上手銬。大戰一番後，忠厚老實的獾正靠在棍棒上休息，擦拭額頭的汗水。

「鼴鼠，」他說，「你真是最棒的戰友！麻煩你加緊腳步到外面，照料一下你那些白鼬守衛，看他們在忙什麼。托你的福，我想他們今晚應該不會惹什麼麻煩。」

鼴鼠立刻跳到窗外，消失在視線中。獾吩咐另外兩個隨便把一張桌子扶正，從地上的殘骸撿一些刀叉杯盤起來，再去看看能不能找到些吃的，湊合著當晚餐。「我需要吃點東西，真的。」獾用他一貫的語氣說。「動起來，蛤蟆，打起精神！我們幫你把房子奪回來，你卻連三明治也不招待。」

蛤蟆本來對自己的表現沾沾自喜，想到他直撲黃鼠狼老大，一棍子就把老大打飛過桌子，就非常得意。但獾對待他的方式跟鼴鼠是兩樣情，一點稱讚也沒有，既沒誇他是好戰友，也沒說他打得非常精彩，讓他心裡很受傷。儘管如此，他還是打起精神，匆匆跟河鼠去找食物，不一會兒就找到盛在玻璃盤子上的番石榴果醬、一份冷雞肉、一條幾乎沒動過的牛舌、一些乳脂鬆糕，以及分量很多的龍蝦沙拉。來到餐具室，又找到一籃法式圓麵包，不少起司、奶油、芹菜。他們剛要坐下，鼴鼠就抱著好幾把來福槍，手腳並用從窗戶爬進來，不停咯咯笑。

「統統解決了！」他回報。「依我看，那些白鼬本來就提心吊膽，緊張得要命，一聽到宴會廳裡又是尖叫又是咆哮，一陣騷動吵鬧，有的就丟下槍，夾著尾巴逃跑了。剩下的白鼬又堅守了一下子，可後來看到黃鼠狼朝他們飛奔過來，他們以為自己被出賣了，就抓著黃鼠狼不放，大打出手。黃鼠狼為了逃命也還以顏色，兩邊扭打成一團，出拳互毆，在地上滾來滾去，大部分就這樣滾進了河裡。總之，不管用什麼方法逃走，他們現在都消失不見了，我也順勢收下這些槍。所以說，那邊的事全搞定了！」

「真能幹，值得讚賞！」獾嘴裡塞滿冷雞肉和鬆糕說。「是這樣的，鼴鼠，還剩一件事要請你幫忙，處理完後再坐下一起吃晚餐吧。我本來不想麻煩你，但我相信把事情交給你，你一定能辦好。但願我能對所有認識的動物都這麼說。要不是河鼠是位詩人，我早就派他去了。我想請你把地上那些傢伙帶上樓，讓他們掃幾間臥室出來，把房間整理乾淨，弄得舒舒服服。要確保他們掃了床底，換上乾淨的床單和枕頭套，鋪床時記得掀開被子一角，就照你知道的那樣做。每間臥室放一桶熱水、幾條乾淨的毛巾、幾塊新肥皂。如果你想發洩一下，也可以把每個傢伙都扁一頓，再把他們從後門趕出去。我想從今以後，他們誰也不敢再出現在我們面前。處理完後就過來吃點冷牛舌，這可是極品啊！鼴鼠，我對你的表現非常滿意！」

好心腸的鼴鼠拿起一根棍棒，叫地板上那群俘虜排成一列，命令他們：「快步走！」然後帶隊上樓。過了一段時間，他笑臉盈盈走回來，回報每間臥室都準備妥當，掃得一塵不染。「我用不著扁他們。」他補充說。「我覺得他們這一整晚已經吃夠多棍子了。我把這個想法告訴黃鼠狼，他們也很認同，還說不敢再找我麻煩。他們非常愧疚，表示對過去的所作所為萬分抱歉，又說千錯萬錯都是黃鼠狼老大和白鼬的錯。如果以後有什麼他們可以效勞的事，讓他們有機會彌補過錯，只消開口說一聲。所以我給他們每隻一個法式圓麵包，放他們從後門離開，他們就頭也不回死命逃跑啦！」

鼴鼠說完，把椅子挪近餐桌，大吃特吃冷牛舌。蛤蟆展現他的紳士風度，把滿腔嫉妒拋到腦後，真心誠意地說：「親愛的鼴鼠，由衷謝謝你今晚不辭辛勞，費心費力，尤其要謝謝你早上做了那件聰明事。」獾聽了很高興，說：「好一個勇敢的蛤蟆，說得好！」於是，他們歡歡喜喜吃完晚餐，個個心滿意足，馬上進房休息。靠著無比的勇氣、完美的策略、巧妙耍弄棍棒的技巧，他們奪回了蛤蟆祖傳的房子，此刻他們正躺在乾淨的被窩，安心入睡。

第二天早上，蛤蟆一如往常很晚才起床，下樓吃早餐的時候，時間已經晚得很不像話。他看到桌上只有一堆蛋殼，一些又冷又難咬的吐司殘片，咖啡壺空了四分之三，其他東西也少得可憐。想到他好歹是在自己家，眼前這些食物實在讓他開心不起來。從早餐室的落地窗望出去，鼴鼠和河鼠坐在外頭草坪的藤椅上，一會兒捧腹大笑，一會兒抬起小短腿在空中又踢又蹬，顯然聊得正起勁。獾坐在扶手椅上，埋頭看早報。蛤蟆走進早餐室時，獾只抬頭看了蛤蟆一眼，點了個頭。蛤蟆很清楚獾的個性，所以沒多說什麼，只是找了個位置坐下，盡可能給自己弄一頓最美味的早餐，同時在心裡暗想，他早晚要跟他們討回這口氣。早餐快吃完的時候，獾抬起頭來，直截了當地說：「不好意思，蛤蟆，今天早上你恐怕有得忙了。是這樣的，我們真的應該馬上辦一場宴會，慶祝這件喜事。大家都在等你辦，說實在的，這就是規矩。」

「哦，好啊！」蛤蟆爽快答應。「樂意效勞。但是我搞不懂，為什麼非要辦在早上。不過親愛的老獾啊，你也知道，我活著不是為了讓自己開心，而只是為了弄清楚朋友的需求，設法幫他們把事情安排妥當。」

「別裝蠢裝過頭了，」獾不高興地說，「說話的時候也不要一邊喝咖啡，一邊哧哧偷笑，往咖啡噴口水，這樣很沒禮貌。我的意思是，宴會當然辦在晚上，但邀請函必須馬上寫好發出去，而且得由你來寫。聽好了，坐到那張桌子旁邊，桌上有一疊信紙，上面已經用藍金兩色印好『蛤蟆莊園』的字樣，你給所有朋友都寫一封。夠認真的話，午餐之前就能發出去。我會幫你一把，分擔一些工作，會場的事由我來處理。」

「什麼！」蛤蟆錯愕地大叫。「這麼美好的早上，我竟然要關在屋裡，寫一大堆狗屁邀請函。我可是想在莊園裡到處轉轉，把人事物整頓一下，威威風風四處繞繞，玩個痛快。我死也不要寫！我要……我要讓你……咦，等等，親愛的獾啊，寫邀請函當然沒問題！比起只顧我自己開心、方便，別人開心、方便更重要。你要我做，我就做。去吧，獾，去處理會場的事，想怎樣就怎樣。完事後去外面找那兩位年輕朋友，一起無憂無慮開心暢聊，把我拋到腦後，不用顧慮我有多煩惱和辛苦。這個美好的早上，就獻給責任和友誼吧！」

獾一臉狐疑地盯著他，但蛤蟆那副坦率真誠的模樣，讓獾很難看出他是不是因為別有居心，態度才突然轉變，所以他只好照蛤蟆的話，離開早餐室，往廚房的方向走。門剛在他身後關上，蛤蟆就匆匆跑到書桌。剛才跟獾說話的時候，他靈機一動，想到一個絕妙的點子。他當然會寫邀請函，也一定會提到他在這次作戰扮演的領導角色，還有他怎麼把黃鼠狼老大打得落花流水，再暗示一下他的種種冒險，預告晚宴上一定會分享一路上過關斬將的輝煌經歷，另外還要在邀請函的扉頁，列出今晚的餘興節目。他在腦中大致擬出像這樣的流程表：

談話……………談話者：蛤蟆

（晚宴期間，蛤蟆另會發表其他談話）

演講……………演講者：蛤蟆

（大綱：我國監獄制度、舊英國水道、馬匹交易及其方法、財產及相關權利義務、回歸家園、典型英國鄉紳）

歌曲演唱……………………演唱者：蛤蟆
（演唱者親自作詞作曲）
其他歌曲……………………演唱者：蛤蟆
（晚宴期間穿插歌唱表演，演唱者即為詞曲作者）

這個主意讓他笑得合不攏嘴，他埋頭努力寫邀請函，接近中午時便全部寫完。就在這時候，他收到通報，得知門口有一隻渾身溼透又狼狽不堪的小黃鼠狼，怯生生地詢問四位先生有沒有需要效勞的地方。蛤蟆鼻孔朝天，神神氣氣走出去，一看才發現原來是昨天晚上的俘虜。小黃鼠狼的態度非常恭敬，急著討蛤蟆歡心。蛤蟆拍拍他的小腦袋，把一大捆邀請函塞到他手中，吩咐他用最快的速度送出去，還說要是他晚上願意回來這裡，說不定會賞他一先令，但也很難說啦。可憐的小黃鼠狼似乎真的心存莫大感激，急急忙忙出發辦事。

其他三隻動物在河邊玩了一個早上，這會兒說說鬧鬧走回來吃午餐，心情輕鬆愉快。鼴鼠始終覺得對蛤蟆很不好意思，所以一進門就帶著不確定的眼神觀察蛤蟆。他本來以為蛤蟆會繃著一張臉生悶氣，或是一副鬱鬱寡歡的樣子，殊不知他卻露出神氣活現的表情。鼴鼠覺得有什麼不太對勁，不禁起了疑心，而河鼠跟獾也意味深長地交換了下眼神。

午餐一吃完，蛤蟆就把雙手深深插進褲子口袋，隨口丟下一句：「兄弟們，你們自己照顧自己吧！要什麼儘管跟下人說！」然後就趾高氣揚往花園走，打算在那裡構思一兩個晚上談話的主題。說時遲，那時快，河鼠一把抓住他的手臂。

蛤蟆隱約猜到河鼠要做什麼，連忙拚命想逃走，但獾也伸出手牢牢抓住他另一隻手臂，這時他就意識到事跡敗露了。兩隻動物把他架在中間，帶到與門廳相通的吸菸室，關上門後把他按到椅子上。他們站在蛤蟆面前，蛤蟆默不作聲坐著，氣鼓鼓地注視著他們，心中充滿不祥的預感。

「聽著，蛤蟆。」河鼠說。「關於這場晚宴，很遺憾我不得不用這種方式跟你說話，但我們希望你清清楚楚明白，晚上不會有長篇大論，也不會有唱歌表演，這事沒有討論的餘地。我們不是在跟你爭論，而是告訴你事情就這麼定了，你得自己想辦法接受。」

蛤蟆知道他無處可逃，他們摸清了他，看透了他，反將他一軍。他的美夢破滅了。

「連唱一首小曲子也不行嗎？」他可憐巴巴哀求說。

「不行，一首小曲子也不行。」儘管河鼠看到可憐的蛤蟆失望得嘴唇發抖，他的心裡也跟著在淌血，但他仍堅定立場回應。「說再多也沒用，蛤蟆兄。你心知肚明，你編的全是自大、吹牛、虛榮心作祟的歌。那些長篇大論都在自吹自擂，而且……而且，嗯，每次都說得天花亂墜，還有……還有……」

「都在胡扯。」獾以一貫的口氣插嘴說。

「這都是為你好，蛤蟆兄。」河鼠接著說。「你知道，你早晚都必須改過自新，現在看來就是重新做人的絕佳時機，也是你一生的轉捩點。請別以為只有你很難受，說這些話我也沒好受到哪裡去。」

蛤蟆沉思了很久，最後抬起頭，臉上流露激動的表情。「朋友啊，你們贏了。」他語帶顫抖說。「說真的，我要求的只是件小事，不過是讓我再威風一晚，大展身手一回，盡情享受如雷的掌聲。不知道為什麼，感覺每次聽到大家拍手喝采，總能激勵我把最好的一面表現出來。但我知道你們是對的，我是錯的。從今天起，我一定會改過自新。兩位朋友，你們再也不會因為我而丟臉了。只是，唉呀，唉呀，這世界真殘酷！」

他掏出手帕摀住臉，踉踉蹌蹌走出吸菸室。

「獾，」河鼠說，「我覺得我好殘忍，不知道你感覺怎樣？」

「唉，我懂，我懂。」獾愁眉苦臉地說。「但這件事勢在必行。這位善良的小兄弟得在這裡生活，必須好好維持聲譽，受大家敬重。難道你樂見他淪為大家的笑柄，放任白鼬和黃鼠狼嘲笑和挖苦他嗎？」

「當然不想。」河鼠說。「說到黃鼠狼，幸好我們碰到那隻正要去送邀請函的小傢伙。聽你之前說的話，我就覺得事有蹊蹺，所以拿一兩封起來看，那內容真是丟人現眼，我統統沒收回來。現在好心的鼴鼠正坐在那間藍色起居室，寫一封又一封簡單直白的邀請函。」

&

一番折騰後，晚宴也快開始了。蛤蟆離開其他動物後就回到臥室，這會兒依然意志消沉地坐在房裡左思右想。他一隻手扶著額頭，苦苦沉思好一段時間。漸漸地，他的臉色變得開朗，慢慢露出笑容。這副模樣維持了好一會兒後，他開始扭扭捏捏地發出緊張而不自然的咯咯笑聲。最後他站起來，鎖上門，拉上窗簾，把房裡所有椅子集中起來，排成一個半圓形，鼓起身子，意氣風發站到椅子前方就定位，接著鞠了一躬，清了兩下嗓子，盡情放聲熱唱。在他清晰逼真的想像之中，觀眾聽得如痴如醉。

〈蛤蟆最後一首小曲〉

蛤蟆——回家——了！
客廳裡一片騷動，大廳裡一片哀嚎，
牛舍裡哭聲不停，馬廄裡嘶鳴不斷，
就在蛤蟆——回家——的時候！

蛤蟆——回家——的時候！
衝破窗戶，撞破門板，
追打黃鼠狼，叫他們暈倒在地上，
就在蛤蟆——回家——的時候！

砰！鼓聲響起！
號兵吹喇叭，士兵齊敬禮，
禮炮咻咻咻，汽車叭叭叭，
就在英雄——歸來——的時候！

高呼——萬歲！
群眾無一不聲嘶力竭，
向值得引以為傲的動物致敬，
因為這是蛤蟆的——大——日子！

他扯著嗓子高歌，情緒滿溢，表現力十足。唱完一遍，又從頭再唱一遍。結束後他深深嘆了口氣，很長、很長、很長的一口氣。

然後，他把梳子往水罐裡沾溼，把頭髮中分，再把兩邊的頭髮梳得又直又順，貼在臉頰兩側。他打開門鎖，靜靜走下樓到會客廳迎接賓客，他知道他們一定都聚在那。

一進到會客廳，所有動物高聲歡呼，圍上來恭喜他，讚美他的勇氣、才智和奮戰精神。然而蛤蟆只是微微一笑，輕聲細語說：「哪裡哪裡，過獎了！」偶爾變化一下，改說：「剛好相反呢！」水獺站在壁爐前的地毯上，身邊圍了一圈仰慕他的朋友。他鉅細靡遺跟他們描述，如果他當時在場會怎麼應戰。這會兒他大喊一聲，走上前來，伸手摟住蛤蟆的脖子，想拉著他在屋子裡繞場一圈，慶祝他凱旋歸來。怎料蛤蟆卻對水獺有些冷淡，不過他是以很委婉的方式表現。蛤蟆一面掙脫他的手臂，一面溫和地說：「獾才是主導計畫的大人物，鼴鼠和河鼠是在這場作戰衝鋒陷陣的戰將。而我呢，只是加入了隊伍，幾乎沒做什麼。」蛤蟆的態度出乎大家意料，在場的動物顯然都嚇了一跳，一時之間不知作何反應，完全被弄糊塗了。蛤蟆穿梭在賓客之間，謙虛地應對進退，漸漸覺得自己成為全場關注的焦點。

獾把會場的每件事都安排得盡善盡美，晚宴辦得非常成功。大家談笑風生，互相打趣。可是整場晚宴，坐在主位的蛤蟆（他當然坐主位）從頭到尾只是低著頭，輕聲跟坐在兩旁的動物說些好聽的應酬話。他時不時偷瞄獾和河鼠一眼，每次都看到他們張開嘴巴，面面相覷，這反應非常稱蛤蟆的心。隨著夜晚流逝，有些比較血氣方剛的年輕動物開始竊竊私語，說今晚不像以前那麼有趣。有的動物還敲桌子大聲說：「蛤蟆，發言一下啊！說幾句來聽聽！唱歌！蛤蟆先生的歌！」但蛤蟆只是輕輕搖頭，舉起一隻手委婉表示拒絕，同時不停請賓客趕緊享用佳餚，跟他們閒聊時下關注的話題，真誠問候他們家裡的孩子近來可好（那些孩子因為年紀還小而不能出席社交活動）。他透過這些方式讓賓客明白，這場晚宴是嚴格遵循傳統規矩舉辦的。

蛤蟆真的改過自新了！

&

歷經這段高潮迭起，四隻動物重拾過去幸福快樂的生活。雖然好日子一度被野森林叛亂無情打斷，不過在那之後就不曾再碰過又有誰入侵打擾他們。蛤蟆向朋友適當諮詢一番後，挑了一條漂亮的金項鍊，上頭配有一個鑲著珍珠的吊墜匣，還寫了一封連獾都認可寫得相當謙虛而且懂得感恩的感謝信，把項鍊和信一起寄給獄卒的女兒。至於火車司機，他付出的辛勞和吃下的苦頭，也都換來恰當的感謝和補償。在獾的嚴厲督促下，連開駁船的婦人也得到賠償。雖然蛤蟆極力反對，稱自己是命運之神的使者，奉命懲罰那些手臂長滿色斑的胖婦人（她們有眼無珠，連真正的紳士都分辨不出來），但他到頭來還是費了一番工夫找出婦人，悄悄賠償她那匹馬的錢。說真的，賠償的金額也沒高到哪裡去。根據當地估價員的說法，吉普賽人當初估的價錢大致正確。

在漫長的夏日夜晚，幾位好友偶爾會到野森林散步。現在野森林的居民已經被馴服得服服貼貼，見到他們幾個，無不畢恭畢敬問候幾句，黃鼠狼媽媽還會把小孩帶到洞口，指著他們說：「看呀，寶貝！走過去的那位就是偉大的蛤蟆先生。在他旁邊的是英勇的河鼠，他是非常了不起的戰士。從那邊走來的是鼎鼎大名的鼴鼠先生，就是爸爸常提起的那位。」看到這樣的景象，他們個個心滿意足。如果有哪家小孩鬧脾氣鬧到很不受控，媽媽想讓他們安靜下來，就會嚇唬孩子說，要是再大吵大鬧下去，披著一身灰毛的可怕大獾就會來抓走他們。這樣誣衊獾實在有失公允，因為他雖然不大喜歡社交，卻相當喜歡小孩。不過，媽媽這一招每次都很管用。

柳林風聲
The Wind in the Willows

作　　者　肯尼思·葛拉罕（Kenneth Grahame）
譯　　者　許珈瑜
特約編輯　吳佩芬
封面設計　吳郁婷
內頁插畫　Woody
插畫原作　南希·班哈特（Nancy Barnhart）
內頁版型　高巧怡
行銷企劃　蕭浩仰、江紫涓
行銷統籌　駱漢琦
業務發行　邱紹溢
營運顧問　郭其彬
責任編輯　林淑雅
總 編 輯　李亞南
出　　版　漫遊者文化事業股份有限公司
地　　址　台北市103大同區重慶北路二段88號2樓之6
電　　話　(02) 2715-2022
傳　　真　(02) 2715-2021
服務信箱　service@azothbooks.com
網路書店　www.azothbooks.com
臉　　書　www.facebook.com/azothbooks.read
發　　行　大雁出版基地
地　　址　新北市231新店區北新路三段207-3號5樓
電　　話　02-8913-1005
訂單傳真　02-8913-1056
初版一刷　2024年6月
定　　價　台幣320元

國家圖書館出版品預行編目 (CIP) 資料

柳林風聲/肯尼思·葛拉罕（Kenneth Grahame）著；許珈瑜譯. -- 初版. -- 臺北市：漫遊者文化事業股份有限公司, 2024.6
256 面；14.8x21 公分
譯自：The Wind in the Willows
ISBN 978-986-489-953-1(平裝)
873.57　　113006919

ISBN　978-986-489-953-1